GOBOOKS
& SITAK
GROUP©

GOBOOKS
& SITAK
GROUP©

三日月書版

三日月書版

甚音
Illust. welchir
失業勇者魔王保鑣
4
輕世代
FW292
三日月書版

CONTENTS

惠恩

現任的第六天魔王。
自小在貧民窟中長大，做過各種工作，家事萬能，擔任隊伍的廚師。
不會魔法，戰鬥能力低落。
性格溫柔善良，作為魔王魄力稍嫌不足，常常有缺乏自信心的狀況發生。

Character
雪琳
出身北之國的戰士。
由於生涯都在軍旅中度過，除了軍事和野外生存領域為專家等級之外，其他技能和知識都十分貧乏。
有著軍人般的性格，衝動易受挑釁，不服輸。
欣賞勇敢的人，重視同伴。
Sherlyn

帕思莉亞

第六天魔城總管。
擁有名族血統，出身端正，被譽為是數百年難得一見的魔法天才。唯一的缺憾是家事能力和成就完全成反比，哪怕端一碗水去餐桌都會失敗，從某方面而言也是非常恐怖的傢伙。
一方面有著高知識分子的判斷力和理性，另一方面卻也有著象牙塔學者獨有的浪漫和天真。

奈恩
獸人將軍。
種族為不死鳥，物種特徵是背後的翅膀（現已折斷），在翅膀修復前，目前外觀看起來像是人類。
我行我素，充滿自信，行事作風直接而尖銳。
Nien

青葉

第三天魔王。
身材姣好，穿著暴露，帶有魅惑人的氣息。
由暗影所化，身上的服裝其實也是自身變化而出。
城府很深，靠著狡猾智慧操弄魔界局勢。

Unemployed Heroine and Devil's Guard

ch.1 雪山中的少女

灰濛濛的天空，俯視著整座雪山。

雪地上拖出了一道長長的血跡，某個男人帶著踉蹌的腳步走在雪地裡。

「哈……哈……呼哈……」

男人緊緊按著腹部，上頭有一道巨大的創口，還在不停地滲出鮮血。如果是普通人，早就應該死掉了，但是對於身懷「勇者之力」的凱黑爾來說，仍是可以勉強拖著命前進的狀態。

凜冽的風不分春夏秋冬，總是在哭號。這是被困在沉默又孤寂的雪山中，風所能做出的最大控訴。

不像她在南方的姐妹，擁有能在美麗平原和花草之間放足嘻笑的優雅和輕盈，北地的風生來只有面對無盡銀白的命運。

但是山並不因此回應風的控訴，被捲飛的雪花終究還是會落下，平坦得就像一捲鋪展開來的白絹。山依然靜靜聳立著它剛毅的側臉，對這世界毫不關心。

狂嘯的北風掠過了凱黑爾身旁。

「呃、哈……」好幾次都差點被吹倒，但是靠著堅強的求生意志，勇者的雙腳依然繼續前行。

此時，遠方山坡上出現了一個小黑點。

「那、那是……」凱黑爾眨了眨眼，接著露出了欣喜的表情。是牧人的小屋。他鼓起僅存的力氣，拚命地往上爬。

雖然稱作「小屋」，但那是牧人遇到山間暴雪時，把牲口趕進去的避難所，其實仍具有一定規模。

凱黑爾當然不會天真到以為這樣就能逃過背後第三天魔族的追殺，但在這個時刻，只要有個遮風擋雪的處所，稍微休息一下，讓體內「勇者的自癒力」復原傷口就足夠了。

跌跌撞撞地來到小屋前，打開了門，他衝進屋內，立刻把門掩死，然後靠著門板一屁股滑到了地上，筋疲力竭地喘氣。

一縷微弱的陽光從屋頂破口斜射而入，其餘環境皆隱沒在陰影裡，十分陰暗。

凱黑爾的精神鬆弛了下來，沒有注意到周圍窸窸窣窣的聲響。

直到他忽然警覺過來時……

「你是誰？」

一道稚嫩的聲音飛入耳裡。

原來這間屋子裡還有別的人在！驚訝的凱黑爾急急忙忙站起來。

叩咚！嗯……匡！

「哎唷！」

結果因為貧血跌了兩次跤。

凱黑爾幸運地在扶著牆壁爬起來的過程中摸到了牆上的掛燈，在經過一番亂七八糟的努力過後，總算是成功點起了照明。

出現在眼前的是他的臨時「室友」——十幾頭綿羊，和一名擋在前方的少女。

「怎麼會有小女孩出現在這種地方？」

凱黑爾脫口而出地大叫，結果對方也以頂撞般的氣勢反問。

「是我該問你吧，你是誰！」

自從成為勇者之後，很久沒有人敢對他用這樣的語氣說話了，凱黑爾頓時啞口無言。

仔細觀察之下，他發現少女大概只有十歲左右，貧瘠瘦小的身軀穿著粗布縫製的大外套，手裡則是拿著一根比自己還高一倍的細枝木杖，額前有著一綹純白的髮絲。

擺出惡狠狠氣勢瞪著凱黑爾的少女，橫握手杖，作勢保護自己的羊群，可能覺得凱黑爾是個壞人吧！

或許凱黑爾的容貌稱不上慈眉善目，然而被一名小女孩這樣看待，還是對他造成了打擊。不過，他馬上就打起了精神。

「我不是壞人，我叫做凱黑爾，是個勇者。」

凱黑爾指著自己的鼻子，費盡全力露出了和善的表情。少女歪了一下頭，看來對「勇者」這個詞彙沒有起太大的反應，只是稍微解除了一點戒心。

「哎，糟了，不該說這麼多的，喂！妳……快點離開吧！」

「嗯，為什麼？」

少女陡然睜大了雙眼，一度略微放下的手杖又立刻提了起來。

「你果然是壞人，居然要把我們趕走！」

「不是不是，妳誤會了！後面有怪物在追殺我，為了妳的生命安全，快點逃跑比較保險。要是被怪物抓到，憑我現在的狀態實在沒辦法保護妳。」

少女驚訝地眨了眨眼。看凱黑爾焦急誠懇的樣子，不像是在騙人，於是她點了點頭。

「是、是嗎？好……咕！咕！」

「妳在幹什麼？」

凱黑爾抱著頭再次大叫了起來。

「別管那些羊了，妳快點跑不行嗎？」

「怎麼可以別管牠們，這些是我的羊耶！要是沒把羊保護好，奶奶跟小伊餓肚子了怎麼辦？」

奶奶和小伊是誰啊——聽見少女一副理直氣壯的口氣，凱黑爾很想這樣大喊。

他不是不能理解，牧人如果沒能好好照顧自己的牲口，一家老小很可能就要喝西北風……但是，現在是顧慮這些畜生的時候嗎？第三天魔族就快來了，難道還有什麼東西比性命更重要嗎？

「算了，要是不能把羊帶走，那我也乾脆不走好了。」

「妳妳妳妳妳……妳說什麼？」

「我是牧羊人，這些羊就是我最重要的東西了，不管什麼時候都不能拋下牠們。」

少女一副天塌下來也不會改變心意的模樣，把手杖往地上一敲，然後就繼續照顧自己的羊了。

凱黑爾瞪圓雙眼，張大了嘴卻又說不出話來，少女倔強而愚蠢的行為讓他幾乎理智斷線。

就在這時……

匡！恐怖的巨嚎倏然震動耳膜，緊接著整間屋子激烈地搖晃了起來。

凱黑爾背脊一寒，連忙抬起頭，只見牆面上出現了無數裂痕，而且還在逐漸擴大。

「不妙！」

勇者迅速向前一滾，下一秒，半間屋子在轟然巨響中整個倒塌！

室內陡然一亮，突來的變化讓羊群驚恐地「咩咩」叫著，要不是牧人擋在前方，肯定早已棄屋逃跑。

「可惡！追來了嗎？」凱黑爾咬牙切齒。

冰霜巨猿、鷹身人、雪山女妖、銀白劍齒虎……眾多魔獸一字排開，出現在眼前。

少女被這幕景象嚇到說不出話來，雖然渾身發抖，卻依然護著綿羊。

凱黑爾瞥了她一眼，嘖了一聲。

「喂！小姑娘，趁我拖住這些傢伙的時候，妳快點逃！」他已經有了豁出性命的決心。

可是少女似乎完全沒注意到他說了什麼，反而抬起頭來大叫。

「別吃我的羊！」

凱黑爾差點跌倒……都什麼時候了，她還在關心她的羊？這女孩的神經到底能粗到什麼樣的地步？

「笨蛋，還杵在那裡做什麼？快閃開！」

「咦？」

少女聽了凱黑爾的提醒，好像這才意識到自己身處險境，危急之際往旁邊一閃，躲過了劍齒虎猛拍下來的爪擊。

「可惡！」凱黑爾沒辦法再顧及少女的安危了，面對這麼凶殘的對手，即使是他也必須全神貫注才行。

勇者無懼魔獸的咆哮，硬是奮起傷疲的身軀，拔劍發動了突襲。

帶著大喊聲的攻擊，要多誇張就有多誇張，凱黑爾希望所有魔族的注意力統統朝著自己來，這樣的話，少女說不定還有機會活下去。

第一擊刺向冰霜巨猿，怪物慌亂地舉起手臂格檔，凱黑爾的劍在對方的身上留下深長的傷口，在怪物的痛吼中轉向攻擊鷹身人，但是有翼的怪物具有空中優勢，以迅捷的身姿向上竄，一劍落空的凱黑爾，背後旋即傳來劇痛。

「呃啊——」

雪山女妖的冰霜吹息，雖然對勇者來說這點傷害還不足以致命，速度卻因此而遭受影響，與此同時，怪物們默契十足的組合攻擊更如潮水般接二連三地襲來。同時要應對巨猿的怪力、鷹身人的俯衝攻擊，還有雪山女妖的吹息波，讓凱黑爾非常吃力。

「嗄啊啊！」

趁著鷹身人打算繞背偷襲的一拍間，凱黑爾就像背後長了眼睛似地，舉劍朝肩膀後一刺！確認了手中兵器穿透血肉的觸感，他奮力挑起劍刃，由下而上將有翼怪物剖成了兩半，腥紅的雨水四處飛灑。

擁有無儔剛力的冰霜巨猿緊接著攻來，兩隻巨靈掌左右夾擊，想將凱黑爾一掌拍死。同時雪山女妖自上方發動吹息，再次拖緩勇者的腳步。

凱黑爾大喝一聲，一個大車輪旋轉，將巨猿手指連根斬斷，接著連續的旋轉斬擊，不斷砍向巨猿的胸部，怪獸濺血吼叫著倒下。

雪山女妖轉身想逃，卻被巨猿的身體陰影籠罩住……噗啪！當巨猿臥倒在雪地中之時，其底下傳來異常悽慘的骨頭碎裂爆響。

「哈……呼……哈……」

凱黑爾拄劍半跪在地，抖掉全身的冰屑，努力調整呼吸。

「咩！」

羊群驚慌失措的慘叫聲於耳際響起，他及時憶起還有一隻怪獸，回頭一看，只見劍齒虎將牧羊少女整個人壓倒在地。

「小姑娘！」

劍齒虎從喉嚨裡發出低沉的咕嚕聲，然後猛然向下一咬。

凱黑爾感到全身的血液都冰凍住了，鼓起全力朝怪獸背後衝了過去。

「呀啊啊啊啊！」

勇者躍起半空，長劍砍落，卻在跳躍的中途看見了令人驚異的畫面——

劍齒虎鋒利的犬齒之下，凱黑爾原本預期看見的血肉糢糊慘劇並未發生，毋寧說，劍齒虎根本沒辦法完成咬合的動作，因為少女用雙手撐住了怪獸的下顎。

她是怎麼辦到的？銀白劍齒虎的咬合力在第三天魔族中也算是佼佼者，就連凱黑爾都沒有和牠一拚的自信。

凱黑爾忍不住睜大雙眼，同一時間，他發現少女的髮色似乎有所改變。前額的銀白飛快擴張，一下子就染成了一大束，令他不禁驚訝地思索這其中代表的意義。

就在分神之際，凱黑爾感到腹部傳來一陣劇痛，吃了一記鐵鞭般的尾部掃擊。

凱黑爾大叫著飛向一旁，劍齒虎也發出慘叫整隻彈飛了起來，少女毫髮無傷，趁隙騰起身，抓起地上的木杖往怪獸的鼻子上就是一敲，啪！

木杖斷了。

換成少女瞠目結舌，差點挨了一記爪掃。

凱黑爾大喊：「用這個！」

「咦？」

少女接住扔過來的劍，一時之間不知所措，他只好再度大喊：「快一點，不然妳就要沒命了！」

少女張皇地揮出利劍……

「呃哎唷！」

凱黑爾差點就要閉上眼睛，實在不忍卒睹，不管握劍的方式、揮劍的姿勢，怎麼看都是外行人中的外行人。

可是，少女所揮出的這一劍，卻給劍齒虎帶來了極大的威脅，本能似地逃了開來。劍鋒因為用力過猛而插入土裡，是劍法的初學者經常犯的錯誤，但前提是也要有把劍砍進土裡的力氣才行。

不知道是因為姿勢不對還是什麼樣的理由，劍拔不出來，劍齒虎大概跟凱黑爾同樣傻眼，躊躇了一下以後，怪獸弓起身軀，發出了威嚇性的怒吼，但少女還在跟不動的劍奮戰。劍齒虎再次撲來，她驚覺似地抬起頭，瞳眸裡頭映出了怪獸的血盆大口。

唰——

寶劍應聲拔了出來，少女猶如順應天生直覺，姿態順暢地後退一步，就此拉開距離，就在少女的頭髮有一半完全變白之際，銀光一閃。

「咕吼——」

劍齒虎發出了最後的吼聲，牠就像是自己一頭撞了上去般，被少女的劍刃劈成兩半。

戰鬥就此結束。

凱黑爾氣喘吁吁地站了起來，走向還定在原地，尚驚魂未定的少女。

在收回長劍的同時，他順帶敲了少女的腦袋一下。

咚！

「嗚哇！」

「以後遇到危險就要趕快逃命，別老是逞強，知道嗎？」

「知、知道了啦！」

歷經如此惡戰的少女，好像也沒了當初那股拗脾氣。

凱黑爾檢查了怪獸的屍體，搖了搖頭。

「第三天魔族……青葉……」

在最古之魔王率領下的雪山怪物，和人類之間的鬥爭看來是永無休止的一日了。戰爭已經延續了一千年，或許還會有兩千年、三千年……直到其中的一方被徹底消滅為止。

拂去肩上的雪花，凱黑爾又再度回頭看了看少女。

少女蹲在她的羊身邊，背對著勇者，一聲不吭。羊在大戰中遭受波及，死了好幾頭。

凱黑爾望的是少女半邊的白髮，沉默不語。

他的想法應該沒錯，這名少女無疑擁有非常強大的「勇者」資質，有如未經雕琢的璞玉。

勇者是至為寶貴的資產，是人類方最強大的武器，力量拔群的勇者甚至能夠和魔王分庭抗禮。在戰場上，每折損一位勇者，就代表魔族的勢力又增強了半分；相反地，每加入一位勇者，就意味著人類距離勝利更進了一步。

但是，凱黑爾自問，他該怎麼做才是正確的？

這名少女才十來歲的年紀啊！就這樣帶著她回到軍部，喜孜孜地把發現少女當作是自己的功勞嗎？這樣的話，從今以後少女的青春，全都要在戰場的腥風血雨中度過了。

可是如果不帶走她……又真是太可惜了。

就在凱黑爾內心搖擺不定之時，少女抱著死去的羊站了起來。

「妳、妳要去哪裡？」

「羊死掉了……」

少女垮著雙肩，身旁包圍著不知所措的羊群，消沉的音色被吸入陰暗的天空之中。

「等、等一下，妳的頭髮……」

「又變成……白色的了。」

搖搖頭，樣子像是覺得有些困擾。

「這是因為妳體內棲宿了光之神力量。妳……應該有自覺吧，妳其實是一個勇者。」

「勇者？」

少女轉過身。

意識到自己已經沒有猶豫的機會，凱黑爾急急忙忙地開口：「沒錯，所以妳才擁有打倒劍齒虎的力量……那個，妳有沒有想過從軍？」

「沒有。」

少女毫不猶豫地給予了否定的答案，領著羊群向外走。

「以妳的身手，去當戰士的話，第一個月的薪俸就可以買到一頭羊了。」

少女的腳步忽地停住了。

「妳仔細想想，死了這麼多羊，奶奶和小伊的下一頓飯怎麼辦！如果我介紹妳去可以發揮長才的地方，就可以有穩定的收入，也可以對國家有所貢獻，這不是兩全其美嗎？」

凱黑爾一邊冒著心虛的汗水一邊滔滔不絕地說道。

缺乏時間好好釐清思緒，凱黑爾最終做出了這樣的選擇，這等於是要把少女拉進一個完全不同的世界。

無從知曉自己的所作所為是否正確，他的心雖然忐忑不已，卻也無法反悔。

「再多說一點，你說可以買到多少羊？」

「以勇者的薪水來說，不管是羊、麵粉還是什麼都不是難事，我會慢慢告訴妳的，不過，在此之前，先讓我知道妳的名字吧！」

少女猶豫了一陣，似乎在認真考慮勇者的提議。過了不久，她抬起頭，天青色的眼珠子凝視著凱黑爾。

「雪琳，我叫做雪琳。」

第一天魔境。

染上靛彩的沉默天空。

被朦朧薄暗覆蓋的大地，長年處於靜默之中，而今鐵靴的足音敲碎了肅寂。啪沙啪沙……在滿是山石的曠野，銀髮少女拖著某樣東西，步履維艱地前行。

「為什麼……不殺死我？」

「笨蛋，誰會這麼容易就弄死你，還有一大堆事情等著從你的那張狗嘴裡問個清楚！更何況，關於你的處置最後還是要由惠恩來決定。」

滿身血汙的勇者雪琳，一手提著刺客混蛋的腳踝，把他連拖帶拉地往禿山山頂的城堡方向邁進。

「不是笨蛋，是混蛋……而且不是狗，是……鬣狗！哎唷，妳就不能溫柔一點嗎？害我的頭一直撞到石頭，是不是想害死我？」

「吵死了，還有力氣唉唉叫，根本就不會死嘛！」

「混帳！妳乾脆把我的腳放下來，讓我自己走！」

雪琳生氣地鬆開了手，被摔到地上的混蛋發出一陣慘叫。他並不像自己所說的那樣，真的能夠爬得起來，而是呈大字形躺在地上抽搐。

望著癱在地上的混蛋，雪琳按著膝蓋，微微喘著氣。

在經歷了那場惡戰之後，兩人的體力幾乎都已經完全見底了。

「喂，休息夠了吧，起來繼續走。」

吃過了苦頭的混蛋不敢多嘴，乖乖地跟在雪琳屁股後面。

「我說妳啊，真是我看過最蠻不講理的女人。」

「你這傢伙，打輸了就別再囉哩八唆了，保留體力爬山吧！」

「呃啊，又要爬這座見鬼的爛山，為什麼你們要到這種鬼地方來啊？這裡到處都是怪物，環境陰陰暗暗的超不舒服，妳也這麼覺得吧！」

好像是覺得既然成為俘虜，也就不必再費神掩飾自己的本性了，混蛋一邊走一邊不停嘟囔，嘴巴突然之間變得無比地活躍。

對於不喜歡和陌生人說話的雪琳而言，這卻變成一場災難，銀髮少女的前額不由得暴起青筋。

這個混蛋……好像不講話就會要他的命一樣，就不能閉上嘴好好走路嗎？

雪琳覺得鬣狗耳男人取這個綽號真是名符其實。

「欸欸，不要不理我嘛！」

雪琳煩躁得都從耳朵裡頭冒出白煙來了，卻還是回答：「我們是為了治療彌亞小姐才來的。」

「彌亞，那個大波霸姐姐？」

雪琳把彌亞患上魔力不正常集中症候群的事情簡單扼要地解釋了一遍，混蛋聽完之後難以置信地搖頭。

「妳是說魔王那小子居然為了一個平民跑來這裡涉險？」

「什麼叫做居然為了一個平民？聽你的講法，好像人命有貴賤一樣。」

雪琳不耐煩地白了他一眼。

沒想到鬣狗耳男子居然一副理所當然的表情。

「本來就是這樣啊！假使有一天我遇到了相同的情形，奈恩大人肯定不會這樣子來救我的。」

「啊？」

雪琳詫異地挑了挑眉。

混蛋抬頭望著天空繼續說道：「雖然我自認和奈恩大人感情不錯，但我知道，對於身為古代種、壽命無比漫長的奈恩大人而言，像我這樣的戰士只不過是人生中的偶然一瞥。渺小的下階層種根本無法理解上位種，更沒有資格和他們分享那用巨大時間堆疊出來的厚重人生。」

「惠恩跟你說的那個奈恩不一樣。惠恩從來沒有因為壽命、地位和形態的差異而產生優越感，他只是純粹地想要拯救一名朋友。」

「朋友？」

聽鬣狗耳男子一副嗤之以鼻的口氣，雪琳瞇細了眼睛。

「不要覺得不可思議。你根本沒去嘗試，怎麼能斷定不同種的同胞彼此之間無法理解、不能成為朋友呢？就好像你問都不問，一廂情願地覺得沒辦法理解奈恩一樣。」

撇下張口結舌的鬣狗耳男子，銀髮少女說完之後便加快了腳步。

混蛋無話可說。

Unemployed Heroine and Devil's Guard
ch.2 幻境之中

迷離又混亂的景象逐漸變得穩定。

第二天魔王伊特口中所說的「試煉」。

當光線充盈四周，惠恩發現自己身處一處寬闊的空間。

「這是……」

高得讓人頭抬到發疼的天花板，周圍……不，嚴格說起來只能看得見兩側的壁面。

宛如地下石窟的空間，窟室的兩端都在很遙遠的位置，憑空浮現的光線有如投放般一路朝著深處鋪去。

雖然有光線，卻找不到光源，一切十分神祕。

「要我跟著前進的意思嗎？」

隱隱約約有這樣的感覺，惠恩望著沒有形體的「光」喃喃自語。

正待動身之際，後方傳來了令人熟悉的聲音。

「惠恩大人……」

「白聆小姐？」

一轉頭，白聆從暗處中現了身。

「太、太好了，我還以為會跟丟呢！」

小跑步跟上的藍髮少女鬆了一口氣，露出安心的表情。

背後處隱隱約約響起「嘖」的一聲，彷彿第二天魔王伊特正無可奈何地按著額頭狠瞪著他們……但其實背後什麼也沒有。

「應該是錯、錯覺吧！啊哈哈哈……」

惠恩微微冒起了汗。

接下來，兩人首先要做的就是觀察周遭情況。

整齊切割的人工石壁上面，以陰刻的方式雕鑿著許多複雜的圖紋，看樣子像是某種禱詞或壁畫，但磨損的內容無法再透漏更多訊息。牆上每隔一段距離就設置了放火把的環，只是此刻全都是空的，就算如此也不妨礙他們視物。

「好奇怪的地方，這裡是哪裡啊？」

白聆一隻手指抵著下巴，戰戰兢兢地望著上下左右。

惠恩詫異地眨了眨眼。

「咦，難道連白聆小姐也不知道嗎？」

「不、不好意思……關於伊特的試煉的事我實在不清楚。」

白聆搔著頭後方，滿臉通紅地低下頭來道歉。

「對不起，都是因為我太混了……」平時老是把時間浪費在遊蕩和玩耍，以至於關鍵時刻派不上用場。

「沒關係啦，妳不要自責，有妳跟著一起來已經很好了，至少有認識的人在身旁，比較不會不安。」

「惠、惠恩大人……」

好溫柔，實在好溫柔，就算在這種時候依然展現出寬宏大量的胸襟。白聆睜著水汪汪的雙眼，一臉欽佩的表情。

惠恩苦笑了一下，然後搖了搖頭。

「我說的是真話。那麼，我們往前去看看究竟是怎麼一回事吧！」

「嗯！」

兩人一起跟著光線鋪設的道路前進，步伐往前的同時，身後景色咻地一下子轉為黯淡，完全無法明白是什麼原理。

來到盡頭，眼前是一片紗幕，圍繞著向上高起的環形檯座。

「……祭壇？」

燈火搖曳，氣氛詭譎，祭壇上似乎有人，傳來了喃喃的低語。

微弱的光線下無法看清楚周遭環境，只能隱約分辨出晃動的火光中有一道模糊身影。

「惠恩大人？」

就在前方，有什麼東西警告著自己不該繼續前進了，胸前的寶石散發出異樣的紅光，令白聆慌亂不已。

惠恩沒感受到任何異常，反而，有股熟悉感襲上了心頭。

這個感覺……到底是？

心臟似乎比平常還要更加用力地跳著。

惠恩嚥了嚥口水，已然打定主意要看個究竟，三步併作兩步地爬上了祭壇。

光線的來源赫然出現眼前，祭壇上方飄浮著一個散發微光、不斷旋轉的環狀物體，惠恩一眼就認出了那是什麼——

「天幕？為什麼會在這裡？」

一模一樣，毫無疑問正是「天幕」的本體，可是，天幕不是理應被隱藏在魔城地下嗎？

「是誰？」

站在天幕面前的那個人轉過身來。

見到那個人的面容，惠恩更為吃驚，激烈搖晃的身體，差一點就撞倒緊跟著跑上來的白聆。

「唔呃！惠、惠恩大人……咦，怎麼有兩個惠恩大人？」

甫定神，第一天魔王被眼前的情景嚇得不知所措，困惑地把頭轉來轉去。

「白聆小姐，我在這裡。」

「可、可是，那個……」

「白聆小姐，請妳仔細看，那個人不是我。」

白聆點了點頭，隨後，確實發現了兩者之間的區別。

原本站在祭壇上的那個人，模樣看起來比真正的惠恩老成多了，頭髮也比較短，衣著更不相同。惠恩穿著輕便的旅行裝束，而對方身上則是華麗的長袍。

如果此時伊特在現場，恐怕會狠踢她的屁股然後大罵：「都穿不一樣的衣服了是要怎樣才會認錯啊！」

「但、但是……面貌很像嘛！」

白聆拚命對著想像中的伊特道歉。

面貌雖然相似，有一點卻是天壤之別。

真正的惠恩，總是散發著溫和而善解人意的氣息，然而這個……冒牌貨？白聆只看了一眼就急急忙忙地移開視線。

那個人所散發的氣勢，銳利得彷彿會把人給割傷一樣，讓人無法多看一眼。

還、還有……我沒看錯吧？那個是角和尾巴嗎？

「你是誰？」

第一天魔王鼓起勇氣問說。

接連打量著惠恩與白聆的第三者，臉上看不出絲毫的慌張。

「唔……我才要問你們是誰，你們是想來妨礙我通過『試煉』嗎，還是說，這就是『試煉』本身？」

「試……什麼試煉？惠恩大人，這、這個人是不是有毛病？」

被對方氣勢壓倒的白聆慌慌張張地依附惠恩，然而藍髮魔王卻陷入了巨大的動搖之中。

睜大的雙眼、遏抑的聲音，氣氛前所未有地凝肅。

「……六天魔王？」

聲音之中是某種白聆不曾聽聞過的強烈情緒。

「咦咦！難、難道您認識這個人嗎？」

惠恩的表情瞬間扭曲，露出強烈的憎恨與敵意。

「我怎麼可能不認識！這個人，就是前代第六天魔王……也是……我的父親。」

驚愕的白聆，因為惠恩的這番話語而動搖，然而，第六天魔王卻沒有。

「你應該已經死了才對，在我們眼前的，是幻影！」

「我，死亡？怎麼可能，我不是好端端地站在這兒嗎。」

「不可能，大戰末期，你在人類勇者的圍攻之下死亡，戰爭也因此劃下休止符，你的野心到最後依然沒有實現！」

「惠恩大人？」

白聆戰戰兢兢地呼喚道。

惠恩簡直像是變了一個人，失去了一貫的溫和。總覺得他激烈地說出這些話語，是故意想惹對方生氣。

而在橫眉豎目的少年面前，魔王波瀾不驚地搖了搖頭。

天幕的微光映照下，他微微蹙著眉，沉默片刻，再次轉過了身。

「我明白了，這就是我的試煉吧！」

魔王抬頭注視著飄浮在半空中的圓環，開了口：

「這裡是『他們』打造出來的空間，有太多事情無法理解了，就算時間被扭曲在一起我也不意外。唯一能知道的是，試煉必有其目的。」

嘴角輕輕掠起的笑容，代表了答案。

「可惜，任何狀態也無法動搖我的意志，我會得到這項寶物，僅此而已。」

「等、等等！」

眼看著魔王把手伸向半空中的圓環，惠恩再也按捺不住，高聲大喊：「你沒聽見我說的話嗎？你在這之後就會戰死，不管你得到什麼都沒有用的！」

「真的是這樣嗎？你的出現，不就是我將會成功帶走寶物，並納為己用的最好的證明？」

惠恩聞言一愣，隨即咬緊牙關。

「住手，你根本不了解自己帶出去的是什麼東西！」

他猛然衝了上去，撲向前代魔王。

然而對方只是轉過身，手臂一揮，惠恩瞬即遭到制伏。

少年莽撞的行動，猶如以卵擊石。

白聆想要上前幫忙，雙腳卻像是被黏住了般，動彈不得。

耳際響起了伊特的細語。

「住手，這次不准妳亂來。」

「伊、伊特……」

被嚴厲警告的白聆無法輕舉妄動，只能眼睜睜看惠恩倒在地上不停掙扎。

就在以黑曜石作為基底的祭壇上，魔王光用一隻手就徹底制住了藍髮少年的行動。

或許他已經留了非常、非常多手，若是平時的他，要殺死眼前的少年根本不費吹灰之力，但是此刻，他只是瞇細雙眸，仔細觀察著少年。

「我能夠從你身上感應到和我相似的氣息，但不管你是誰，都無法阻止我要做的事。」

他右手輕輕一按，便阻滯了惠恩的氣息。

「咳……呃……」

惠恩睜大雙眼，吐盡了肺裡的空氣，天幕的微光映照下，魔王表情漠然。

「廢話說得太多了。」

魔王站直身軀，再度把手伸向空中的圓環。

天幕彷彿感應到召喚，從高處慢慢降下。

身在遠處的白聆，目睹了一切奇景。

祭壇上方出現了萬點浮游螢光，七彩斑斕的奇幻色彩圍繞、迴旋，如同深海魚群跳起了翻騰的舞蹈。

宛如從極遙遠處吟唱傳來，似有若無的虛幻歌聲。

怦咚！

胸前的寶石在共鳴，白聆察覺自己似乎曾在哪裡聽過這樣的歌聲。

無窮盡的疑問在心中升起，然而，此時，旋轉的螢光隨著歌聲盡情加速，又在一剎那間中止。

光芒拖著細長的彗尾，或是停留，或是漫步，或者抬升，或者降落，在有限的空間中描繪出的星光萬象圖，令人目眩神迷，不可思議。

起初形態無比巨大的圓環，降落至魔王手中，慢慢縮小至可用一手捧在掌心的程度，並像是恆星一樣地自轉著。

「啊啊……這就是『天幕』嗎？真是驚人。龐大的魔力被封存在這樣一個小小的物體內，這是大陸上的種族誰也無法超越的技術。」

魔王望著掌中的祕寶感嘆。

「不過，這樣一來，第六天魔族也終於成為擁有『他們』遺產的種族了。只要有了這股力量，我就能隨心所欲地改寫這個世界的命運。」

他高高舉起手中的圓環，在昏暗的光線中揚起笑容。

「咳、咳呃！你、你打算用它來做什麼？你知道『天幕』的真正用途嗎！」

光是要把話說出口似乎就耗盡了力氣，藍髮少年一邊喘著氣，一邊對魔王投以疾厲的目光。

「我當然知道。這個試煉本身就能窺探受試者的內心，若非我的渴求，它又怎會出現在我面前？」

魔王泰然自若地闔起手掌，理所當然地說道。

兩人視線交會，惠恩登時冷汗溢流，竟有種被看透的畏懼感。

如同鏡照般的面孔，紫晶色眼眸中讀不出任何情感，猶如跌墜無底的冰窖般吸住了視線。

「你……」

「這個玩意，也就是『天幕』，按照那名守護者所說，它能蓋起世上絕無僅有、堅不可摧的城牆，將人類和其他劣等種族隔離起來，第六天魔族就再也不必和那些劣等種族一起分享這片大地了。」

「什、什麼？」

「繼承者唷！」

「——你！」

視線無法抽離，瞳眸搖曳，雙肩顫抖。再一次，惠恩感受如遭電殛般的震懾，由魔王口中說出來的話語，滾燙地灼燒著耳膜。

「你叫我什麼？」

「繼承者唷！」

明確又清晰，即使耳朵想抗拒，卻無論如何也不可能聽錯。

惠恩下意識用力咬住了嘴唇。

「你擁有與我相似的面貌和氣息，我一眼就看得出來，我們之間的確有所關聯。

或許你說的沒錯，終有一日我會死去，但這世上又有誰是永恆的呢？即使必定迎來終結之日，只要我後繼有人，就不愁我族的大業不能實現。」

魔王居高臨下地俯視少年。

不要這樣子地看著我！別擅自……把我當成那種東西！惠恩在內心發出怒吼。

但是，所能勉強擠出的只是斷續的粗喘，聲音黏在了喉嚨。

掌握了主導權的魔王自顧自地接著說了下去：「無論是第六天魔王的名號還是天幕，日後都將由你承接，你要率領魔族戰勝人類，稱霸大陸。」

「不，不可能，休想！」

「這是你的宿命。」

魔王指尖一抬，才剛支起身體的惠恩，被一股強大的力量拉起，帶到了魔王面前。

死命掙扎卻徒勞無功，少年的處境有如懸絲木偶般任人操控。

一對極為相似的面孔，隔著一臂的距離凝眸互望。

「雖說你是我的繼承者，現在看來，似乎還是有那麼一點點欠缺。你現在的模樣，就和低等下賤的人類沒兩樣，既然流有大陸上最尊貴的血脈，就應該好好展露出作為魔王後裔的形態才對不是嗎？」
「誰要聽你在那邊胡言亂語！」
「別再抗拒了，畢竟，我就是為了這個目的而創造你出來的啊！」
前代魔王既無笑意，亦非刻意侮辱，只是如同述說事實般平靜地輕聲說出。
少年聽到此言，瞳孔收縮。
「創……」
「讓我來引發你的潛能吧！」
「住手！」
四肢受制，惠恩只能拚命地扭動雙肩，臉上帶著驚恐。魔王不顧少年的抗拒，舉起手掌，慢慢地抵向他的頭頂。
天旋地轉的黑暗覆蓋在眼前，緊接著感受到的，是無比激烈的痛楚。
「喝啊……啊啊啊啊……」
淒厲慘絕的叫聲，更激起魔王的興致，臉上了露出勝利的笑容，冷不防地……
「怎麼……咕喔！」
瞬光一閃，少年的雙手再次能夠動彈，猝然的變化使得魔王大吃一驚。

砰！魔王的臉上挨了一拳，結結實實地挨了一拳。

──怎麼會？帶著未曾預料與震驚的心情，失去平衡的身體大幅度傾斜。

然而，魔王仍以極快的速度重整了身姿。

搖晃著纖瘦的身軀，咬著牙，惠恩勉力維持住站姿，同時身上產生了奇特的變化。

額頭飽滿鼓脹，像是裡頭有什麼東西想要穿刺皮膚而出，緊接著，一對扭曲粗糙的犄角確確實實浮現了出來。淡淡灑下的螢光中，部分身軀長出了毛髮，呈現青藍的色澤。

魔王的表情，第一次稍微有了動容。

……克、克制不住了嗎？

惠恩雙手抓著上臂，全身冷汗涔涔。

在狂暴波浪翻騰的腦海中，充滿著無法接受的心情。

在魔王刻意留給他的些許空白靜默當中。

一直低著頭，茫然自失地審視自己的身體。

當呼吸的聲響成為唯一的背景。

明明應該已經完全捨棄掉了啊！

就在貧民窟裡一個人為母親舉辦喪禮的那天，他便立下了決心，從此絕對不會再變成那個模樣……就連遭受生命威脅的時候，身體也都站在他這邊，並沒有改變，為什麼現在卻又……

變化是無法抑止萌發的芽根，再次帶來痛苦，惠恩拚命地搖頭嘶吼，想要驅趕這股混亂。

然而身體裡面的血，在鼓譟。

在沸騰。

在諷笑。

就好像在說：「你跟他沒有什麼不同。」

不，不是這樣的！

想要掃除一切障礙，不斷冒升出來的憤怒無法抑止。

「這才是你真正應有的姿態啊！」

「給我閉嘴！」

鑽入耳際的惱人聲音將其喚回現實，惠恩抬起頭來大吼。

燃燒著的身體不停吶喊。

決斷吧！

決斷吧！

用這個模樣決斷吧！

雜亂的喧囂在腦袋裡頭轟轟作響，全都壓下來，要往前看，要往前看。

站在魔王面前的少年。

此刻兩人的外形宛如由同一個模子印出來一般，尾巴、獸毛與角，均顯現出非屬人類的特徵，可謂是脫胎換骨。

只有臉上的表情與先前相比毫無變化。

都是一樣憤怒，一樣悲傷。

搖曳的眼眸熊熊噴出怒火，無盡的憤恨猶如箭矢，筆直朝著眼前之人射去。

……只是，這樣就能夠打碎那張冰冷的面具嗎？

惠恩得到的是令人氣餒的否定答案。

彷彿無論再怎麼熾熱的情感、多深刻的恨意，在對方的眼中，就如同空氣與水，只是些稀鬆平常到不會給予一絲關注的事情。

短暫的動搖過後，魔王恢復了淡漠的表情，平靜如昔。

「獸人族至高的古代種，比任何人都還要優秀的我們，乃是這片大陸最適合的王者，顯露出真身對你而言是一種解脫。」

輕輕拭去嘴角的餘紅，毫無悔意的傲慢的面孔，甚至流露出些微的嘉許，完全無法和惠恩的心情產生共鳴，讓惠恩怒意更盛。

「別開玩笑了，我倒是想要問你憑什麼？」

「因為你本該是一名強者。」

魔王自信滿滿地說了。

「強者本來就該擁有絕對的地位，在弱者的頭頂接受叩拜和追尋。就像水流自高處涓滴往下，光也是從上方普照萬物，自古以來，魔王亦是遵循同樣的道理，支配那些愚昧的種族。」

魔王聳著雙肩說道，惠恩用力地搖頭。

「我不明白。我從來不覺得自己比任何人尊貴，比任何人高尚，每個人的存在都擁有他的價值，為什麼非要彼此相爭不可？我不能認同你的想法，我不是延續你狂想的一枚棋子，我要走出自己的路。」

「即使你這樣說，但血脈的天性不會騙人。強者、支配者、身在高處者……都是打從一生下來就全部決定好，是我們理應存在的位階。」

「我永遠也不會那樣！」

「那麼，就證明給我看吧！」

魔王抬起捧著「天幕」的那隻手，朝惠恩筆直伸了出去。

惠恩愕然後退了一步，迎接他的，是對方銳利的目光與輕笑。

「得到這股力量的同時，你還能有把握地說你自己不會跟我一樣嗎？」

低沉醇美的聲音聽來有如毒藥，微微掀起的嘴角，譏諷他只會說大話。

張開又握緊的雙手、細微的顫抖，惠恩的一切反應都逃不過魔王的雙眼。

正當他暗地裡輕笑著少年也和那些庸俗之人毫無分別的時候，少年應聲回答了。

「我接受。」

他前進一步，按上魔王手中的天幕，毅然決然。

下個瞬間，天地旋轉了起來。

兩人掌心之間不斷旋轉的圓環，猛烈地迸出了光芒！

被強光陡然撕裂的空間，交錯響起了兩個人的吶喊。

同時間兩股強烈地想要成為「天幕」之主的意志，令寶物產生了不可預知的混亂，兩人掌心中的圓環不只在旋轉，更是發瘋了般地震盪。

像劍一樣刺出來的光，貫穿了每一個人的軀體，穿透了所有事物，但是所有的光和影子都凝固、凍結在空中，形成了讓人眼花撩亂的壯闊星圖。

身體變成了一個又一個光的支點，呈現半透明化，惠恩露出驚訝的表情，抬起頭來時，他更訝異了。

眼前是咬緊牙關、皺著眉頭的自身形體，以及在面前表情同樣專注的魔王。

兩者皆同樣試圖抑制住天幕的暴走。

難道是我靈魂出竅了嗎？

疑惑尚未得到證實，景象移動了。

眼前再次是刺得讓人想要流下眼淚的光，以及魔王那張發亮的面孔。

再一眨眼。

他變成了從魔王的角度觀看著自己的模樣。

「還在堅持嗎？」

惠恩開口的同時也是魔王在開口。

「該稱讚真不愧是與我流有相同之血的人嗎？但你把這股固執用錯地方了，你應該認清自己的天命，做人上之人。」

以天幕作為媒介，他們兩人的心靈竟然同步了。魔王的思緒直接衝擊了惠恩的內心，讓他體會到包覆在這具身軀內無窮的野心，以及那令人難以置信的冰冷性情的真面目。

魔王的雙眼，遙望的是遠方開展的地平線。

圖謀著整片大陸霸權的男子，根本不曾生起一絲在乎他人之意，說得白話一點，就是毫無同理心。

在「王」的世界裡，一切都是圍繞著他運轉，因此才會對惠恩毫不帶一絲愧疚，就想隨意左右他的價值觀，安排他應走的前路。

黑暗的真相衝擊了惠恩的內心。

原來如此……但是，不管你是魔王還是什麼，都無法動搖我的決心！

可以體會並不代表可以理解，惠恩也不想要理解，更別說是同意了。反對的意志是存在的證明，他們的觀念根本就無法達成一致，是不同人。

惠恩接下來就聽見了自己的回答：

「那種事情……不是我要的答案！」

轟隆——

那是幾乎要震穿鼓膜的噪音，但其實，那只是兩人在無盡幻覺之中所想像出來的情境，即便如此，和天幕連接在一起的惠恩與魔王都受到了很大的衝擊。

雙方都是一副痛苦的表情從天幕旁邊退開。

天幕浮在半空中，伸出了一條小小的光連接到了魔王身上。

然而在另外一頭……

「看來這東西更加中意你啊。」

和惠恩連結在一起的光，強度是魔王身上的好幾倍，那是像與少年的藍髮同調而成的淺藍色光芒。

一開始還以為會有什麼刺痛之類的變化……實則不然，光線像是毫無溫度般地覆蓋住他的全身，接下來湧現的感覺讓他簡直說不出話來。

這……就是力量在全身遊走的感受嗎？

實在是太驚人了。

從深處湧出，不，不對，切確來說，是由祕寶源源不絕地傳來。

覺醒血脈的雙眼，看見了祕寶之中濃縮蘊含的強大魔力脈流，和己身相連為一體。

這是種極為陌生的感覺。

一輩子都是一個手無縛雞之力、拿不動比菜刀更重的東西的少年，就這麼一下子，身體裡的每一處，從肌肉裡，到細胞中……無不充滿了旺盛的精力，蠢蠢欲動，並且本能地認知到，只要他稍微揮一揮手，就能掀起狂烈恐怖的風暴。

一個念頭剎那間流過腦海。

——這就是奈恩平時的感覺嗎？

那名戰爭英雄，金髮魔將擁有舉國最強大的力量，他從來不需要懼怕任何事物，能夠隨心所欲地達成目標。

運用蠻不講理的暴力，將自己驅逐出了國境。

曾經以為是無法戰勝的目標，讓惠恩幾乎放棄了重返家園的可能。

但此刻不同，自己已有力量能與其抗衡……不，是變得比他更為強大。

想到這裡，惠恩就難掩激動的心情，抬頭望著天空。

「如何，惠恩，還在堅持自己的意見嗎？擁有力量的同時，你也清楚地感受到了吧，強者才擁有的、獨一無二的話語權，那是將力量向這個世界展現，形塑規則的本領。」

沒去仔細聽從魔王的絮語，藍髮少年突然拔地而起。

留在原地的魔王，凝視著衝向天際的一枚小黑點，靜靜揚起了笑容。

劇烈的風暴在耳邊獵獵作響，藍髮少年的雙眼望穿了雲層。

如今地心引力再也無法束縛住惠恩，當魔王「古代種」的血脈激發，再經由「天幕」的魔力強化後，他以世上飛鳥都望塵莫及的速度在天空中恣肆翱翔。

不消片刻，惠恩就脫離了死境無邊無際的夜幕，藍色天空拂過眼前時，再次降落到熟悉的土地。

第六天魔城。

發現惠恩的第一時間，那名金髮魔將正端坐在宮殿之中。

奈恩只驚訝了短短一瞬，接著二話不說地展開攻擊。

但是年輕魔王的能耐遠遠超出了他的想像。

惠恩現在不但看得清奈恩的拳頭，甚至能輕易接住它們，兩人在空中交手，金髮魔將寬大的軍服外套在激烈的戰鬥中隨著狂風飛起，在它落下之前，兩人已經交換了無數次攻防。

宮殿的地板在他們旋身踢踏之時崩裂四散，承受不住凶猛的撞擊，梁柱紛紛倒塌，捲起塵埃漩渦。

混沌一片的魔城，不斷傳來獅子般的怒吼，宛如籠浸在一場暴風雨中，金色與藍色的閃電不斷交錯……人們驚惶地逃離，躲在安全處顫抖地遠望，不知道發生了什麼事情。

直到陡然間，一切歸於寧靜。

浮空的外套終於落下，倒在殘垣斷壁中的落敗者，卻是它的主人。

「第六天魔王！」

「魔王！」

「惠恩大人！」

人們高聲吶喊，不停叩拜。惠恩擊敗了反逆的最強者，重新奪回王權，就連那些原本圖謀不軌的名族，此刻也都戰戰兢兢地伏在他面前。

「我會將第六天魔族帶往與奈恩不同的方向。」

魔王的聲音響徹魔城。

如此宣示之後，下個場景，惠恩置身於第六天魔城。

在這座曾由魔王易手於名族，被更名為元老院議會，最後又回歸原本主人的宏偉宮城中，他以仁慈與智慧治理人民，第六天魔族迅速從破敗中再度茁壯起來。

一轉眼，平原上，是精神抖擻、盔堅刃利的雄師。

經過漫長的年歲，第六天魔族再次集結部隊，面對大陸各族的軍團。

難道這會是再一次宣告戰火蔓延的序幕嗎？歷史是否塑造出了另一名耽溺於野望的暴君？實則並非如此。

數十年來，惠恩治下的第六天魔族以開明、先進的風氣，逐漸增強對大陸的影響力，使得各族無不以其馬首是瞻。

其間，雖不乏不認同惠恩理念的敵人，但惠恩客服了種種困難，粉碎了野心家的陰謀，將他們投入牢獄，大陸自此終於迎來了和平。

「惠恩陛下！」

「惠恩陛下！」

「惠恩陛下！」

拂面的晨風吹暖了臉頰，惠恩瞇起雙眸。

瞭望眼前形形色色的種族，人們為魔王獻出的歡呼聲震耳欲聾。

經過了多年努力，惠恩成功促成諸國和解，繼而實現了各族平等的目標，從今以後，誰也不能再去分別彼此的優劣。

各國一致推舉他為「大陸共主」，將在今日舉行加冕大典。

今日萬里晴空，彷彿也在為了即將到來的盛會發起祝賀。

日光照得他全身暖洋洋的，心頭也生出了一股不知名的飄浮感，像是覺得自己不該出現在這裡。

這道可笑的念頭，讓惠恩不禁放鬆了表情，身子輕輕地搖擺著。

無論如何，終於能稍微卸下肩上的重擔，好好地鬆一口氣了。

回想著這些事情，抬起了長滿毛皮的手，按住自己的前額……就在惠恩敲頭發出感嘆之時，腳步聲傳來。

「陛下。」

籌備已久的典禮就要開始，作為司儀的大臣走上前來，遞上王冠。

「只要戴上這頂王冠，您就是大陸的共主。」

象徵著各族共榮的六顆寶石和六個尖角，在陽光下熠熠生輝。

那頂王冠，徹底吸引住了惠恩的注意力，他輕吁了一口氣。

草原上的喧囂一時間安靜了下來，各族臣民無不屏息等待，惠恩欣然接下了王冠。

這樣真的好嗎？

一道細微的話語聲就在此時鑽入耳中。

「咦？」

「陛、陛下？」

手捧著王冠，惠恩就像尊雕像般在那裡凍結住了。

看見魔王反常的舉止，左右侍臣的慌亂表露無遺。

大草原上掀起了竊竊私語，眾人的耳語、目光，全都集中到了年輕魔王的身上，身旁的大臣慌慌張張地大喊，他卻什麼也沒有聽見。

「你們有沒有聽到……」

「陛下，您在說什麼？」

「沒人聽到嗎……怎麼會？不，這不可能！」

他不會聽錯的，有人在他耳邊絮語。

猛然地回過頭。

背後卻是空空如也。

這是你來此的真正目的嗎？

然後，那聲音再次傳來。

惠恩的心臟猛烈地跳動了一拍。

「陛下，您還在等什麼？」

「呃……」

「戴上這頂王冠，讓我們所有人跟隨您的領導吧！」

眼看著儀式中止了好長一段時間，侍臣連忙催促著惠恩。

「我的……」

「沒有錯，您的一句話將左右全世界人民的未來。」

這不就是……我一直以來夢寐以求的嗎？惠恩疑惑了，這樣的世界到底還有哪裡有缺陷？

但是，那個聲音卻這樣地對他問道。

真的是這樣嗎？快想清楚吧……

然後，他發現了。

原來那個聲音發出來的地方，是從那裡——原來就是自己的心。

你想起來了嗎？

惠恩所聆聽到的，是內心之聲。

是從哪裡開始出錯了呢？

惠恩靜下心來，閉上了眼睛。

現實和虛假的分野，究竟是什麼？

藍天籠罩下的翠綠原野、微風傳來的溫暖、盈滿耳際的喧囂……周圍一切栩栩如生，理應毫無破綻，然而那道聲音告訴他並非如此。

惠恩決定不再相信自己的五感。他屏除雜念，搜尋著內心深處。

無論再高明的幻術，都有絕對無法造假的事情。

記憶的初始在哪裡？他質問著自己。

是擊敗奈恩的那個夜晚？

不是……

他不再回想那個狂熱的激戰過後，人們高呼著魔王萬歲的夜晚，心裡的某塊地方就傳出了聲音。

那是一首令人懷念的歌謠。

在某個黑暗、潮濕的貧民窟小房間？一首以人類語言低聲吟唱的小曲。

噗嘟！有什麼東西開始翻騰。

被擠破的泡泡裡頭，兩道身影分立在左右。

一個，是高大健美，長著犄角、毛皮，擁有卓越力量的幻獸種魔王；另一個形影，是瘦弱無力，看起來禁不起風吹的少年。

不管那個是誰，現在「它」肯定慌了，急著想把弱不禁風少年的模樣，掩蓋在強壯魔王的陰影之下，但越是遮掩，粗糙的偽裝就越是禁不住挖掘。

惠恩一步一步地朝那裡靠近，「它」開始著急，大聲喊說名震天下的魔王，怎麼可能會是那種樣態？這只是惠恩荒謬的幻想。

對嘛，怎麼可能！惠恩笑了。

我怎麼會是……用著我最不喜歡的幻獸種血統的那副外貌呢？
虛偽的記憶遭受重擊，應聲破碎。
下一個瞬間，惠恩終於睜開了雙眼。

「我……決定了。」

「咦？」

惠恩拋下了王冠。
這一舉動，震驚了眾人。千萬張面孔睜大雙眼，望著魔王反常的舉止面面相覷。
「陛下？」
「這裡並不是真實的世界。」
站在檯座中間，他清晰地說做出宣言。
人群間再次起了騷動，但是惠恩毫不在乎。
他已經不再受到迷惑，心情也變得輕鬆了起來，嘴角不由得抬高。原來如此，
原來如此。
「沒有錯，我現在明白了。」

不管大臣們怎麼哀求，苦苦拉著他的衣角，惠恩一概置之不理，反正這些景象都是虛假的，他的視線只須直視前方。

「這全都是『試煉』創造出來的幻境吧！目的是為了要看看擁有力量的我，會不會就此迷失了自己。想一想還真是可怕，因為有那麼一瞬間，我真的很想永遠待在這裡。」

擊敗奈恩、成為人人景仰的王者，說他不曾這麼想絕對是騙人的。

誰沒有過這樣的夢想？然而……

「現在的我還有更重要的使命。」

惠恩篤定地說道：

「我要拯救彌亞小姐。」

說出那個名字時，惠恩的表情豁然開朗——那是正視著「現實」所做出的決斷。

瞬間，畫面定格，周圍的景象開始消融……

一切都是幻影。

微微嘆息之後，惠恩搖搖頭，笑了。

隨著嘴角輕微的漾綻，呼吸變得暢快而自然。

「我並不打算成為一個用自己意志支配他人的人，這是曾經身處於最底層階級的人真正的想法。」

少年的眼神無比透澈。

「我跟我的父親不同。」

他抬起手，伸向頭頂上的角——

一口氣拔掉。

跟他想的一樣，完全不痛……果然是虛幻的。

他不禁露出苦笑，回憶起其實他早就做過相同的事情，那次的經驗可是痛不欲生呢！

從他身上噴出了五顏六色的光點，一點一滴地散入空氣，惠恩也感覺到體內的力量漸漸流失。

他，會恢復成常人。

看著身上的毛皮一寸一寸退去，惠恩絲毫不感到惋惜。

寬廣的平原、萬千人民的影像失去色彩，最後化為猶如透明純粹的琉璃，啪的一聲爆碎開來，灑落千萬滴的純白雨點。

空無的白色象徵幻境的結束，那麼，是誰還留在真實裡？
只剩下他和白聆依然站在原處。

Unemployed Heroine and Devil's Guard

ch.3 第二天魔王與不滅的種族

「惠、惠恩大人，太好了，我、我就知道您可以！」

一回到一開始那處充滿日落色彩的空間，白聆就忙不迭地衝上前來，用力抓住了惠恩的手，露出鬆了一口氣的表情。

兩人相視而笑。

「好啦好啦，我說你們，可以不要在那邊散發出粉紅色泡泡了嗎？」

這個空間裡，除了他們之外還有別的存在，而且從剛剛開始就一直撐著頭冷眼旁觀著兩人的互動。

兩人嚇了一跳，一瞬間拉開了距離。白聆的臉一下子刷紅了。

「伊、伊特……」

一名穿著紫色裙裝的金髮少女盤腿坐在一張鋪著軟墊的小凳子上，手裡抱著一顆枕頭，垂著眼皮，一副快睡著的模樣。

「您就是……第二天魔王伊特大人？」

這是惠恩第一次親眼目睹第二天魔王的真面目，不免有些吃驚。

淨白的臉頰看起來好像洋娃娃一樣，卻帶著好重的黑眼圈。

咦，那個……現在是……

「伊特大人？」

眼看著對方慢慢、慢慢地垂下頭去，嘗試性地喚了對方一聲的惠恩，被猛然抬起頭來大叫的金髮魔王給嚇了一大跳。

「啊，我睡著了。」

伊特撓了撓腦袋，那頭細長的金髮披覆下來，幾乎垂到了地板。

「最近稍微有點睡眠不足……」

「請、請保重身體。」

仍是一副睡眼矇矓模樣的伊特，稍稍微向惠恩抬起了目光。

「不管怎麼說，還是要恭喜你啊，通過試煉之人。」

「是的，但是伊特大人……」

惠恩有正經事想向第二天魔王懇求。

但是，隨即，伊特打了一個大大的呵欠，使得他一時不知所措。

「呼啊啊……」

他此行而來的目的可說是十萬火急，可是，伊特這時候好像抱著枕頭又開始漸漸進入夢鄉了。

不行啊！現在可不是睡覺的時候！

惠恩想把對方叫醒，卻又不知道該如何才能不失禮數。

就在惠恩急得像熱鍋上螞蟻的時候，白聆插了嘴：「伊特，這裡到處黑漆漆的，趕快帶我們出去啦！」

「啊？知道啦，知道啦！」

受不了不知分寸的好友的大嗓門，把頭埋在枕頭裡的第二天魔王發出了厭煩的嘟囔聲，彈了彈手指。

啪！

惠恩與白聆腳底一空，地板陡然間消失了。

「啊啊啊啊——」

「呃啊！」

撲通！

一屁股衝擊到了地板上，眼前頓時大冒金星，頭暈腦脹的兩人呈現大字狀交疊在一起。

「哇啊啊啊！」

「怎麼啦？」

「有、有人掉下來了。」

……不知道摔到哪裡去了，而且，好像驚動了本來在此處等候的人們。

「咦，惠恩大人？」

「這……這個聲音？」

搖搖頭甩去眼前的黑暗，惠恩定神細瞧，眼前的果然是……

「雪琳！帕思莉亞！」

「啊啊啊啊，惠恩大人！」

站在房間中央的雪琳和帕思莉亞一同露出難以置信的表情。

接著，兔耳少女淚眼汪汪地撲了上來。

「太好了，您沒事，嗚嗚、嗚哇啊啊——」

帕思莉亞放聲嚎啕大哭，再也顧不得形象，猛然衝進惠恩懷中，才剛坐起上半身的惠恩差點就不能維持住平衡。

不過，懷中不停顫抖啜泣的兔耳少女，怎麼看都像是隻柔弱的小動物，讓惠恩忍不住溫柔地撫著她的背，同時為了還能再度相見而感到安心。

安撫著兔耳少女的同時，另一隻手忽然從後方搭住他的肩膀。回頭，銀髮少女以跪姿出現在自己身後，一臉凝重，然後，像是終於鬆了一口氣。

「呼……我還以為你回不來了呢！」

稍微移開目光，濃濃的倦色在戰士臉上化開，櫻色唇瓣間吐出了放鬆的氣息。

看到她這樣，惠恩的內心有根繃得緊緊的弦，一下子斷開了。

他輕輕伸出手，將詫異的雪琳攬得更加靠近了一點。

披散的銀髮，遮住了藍色頭髮的頭顱，耳際，傳來輕柔的細語。

「對不起，我回來了。」

銀色頭髮沙沙搖晃著，沉浸在重逢的喜悅。

眾人又哭又笑，團團圍繞在一塊，不過，歡聚並沒有持續太久的時間，惠恩很快地重新面向伊特。

「伊特大人。」

「嗯？」

坐在飄浮在半空中的凳子上的伊特，微微地歪著頭表示回應。

眾人一字排開站在伊特面前。

身旁是傾斜的梁柱和破敗的桌椅，他們所在的地點是一處看似過去曾為謁見正殿的寬闊大廳，到處橫陳著許多不知其究竟為何的長方形木造匣體。

這座甚至遠比第六天魔城的宮殿還要宏偉的廳堂，卻因年久失修，到處積滿了灰塵，呈現出強烈的荒頹感。

「伊特大人，我已經通過試煉了吧？那麼接下來就請妳履行約定，治好彌亞小姐。」

「你真的不再考慮一下？按照規矩，你可以像以前的挑戰者一樣，任憑自己的喜好選走一項強大的古代寶物喲！」

「不，我對那些寶物沒有興趣。」

惠恩堅定地搖了搖頭。

「我最珍貴的寶物就是身旁的伙伴，除此之外，我別無它求。」

「是啊，伊特，妳就幫幫忙嘛！」

連白聆也加入了求情，一旁的雪琳、帕思莉亞也露出了期盼的神情。

伊特臉上浮現出感興趣的神色。

「唔……真是奇怪！我擔任守護者這麼久，還是第一次遇到過關者不想帶走寶物的。欸，好吧，其實拯救你們的同伴只是舉手之勞。」

伊特說完，再次彈了彈手指，昏迷中的獅子女獸人憑空出現。

「不用擔心，只是稍微讓她睡一下而已。」

第二天魔王說完，伸出一隻手，朝向彌亞，並且開始誦唸咒語。

伊特的指尖散發出五道金色柔光，包覆住獅耳女郎。她就像漫不經心地輕輕操縱著光線，吟唱低沉緩慢的神祕語言。

「嗯……時候到了。」

抬頭望著浮空的彌亞，伊特像是自言自語般地說了這麼一句話。

只見伊特飛身向前，同時猛然張嘴。擁有著嬌小少女身材的魔王，口中露出兩根尖利的獠牙，朝著彌亞的喉嚨一口咬下。

惠恩、雪琳同時驚叫出聲。

「妳做什——」

銀髮少女旋即豎起雙眉，手掌按上劍柄，帕思莉亞連忙用盡全身的力氣將她阻住。

「等一下！」兔耳少女流著汗慌忙大喊：「伊特大人是在幫彌亞小姐治療啊！」

雪琳睜大雙眼，其他人也是一副難以置信的表情。

「我能感覺得到，彌亞小姐體內過度累積的魔力正在漸漸消失。」

「這是怎麼一回事？」

「我想應該是伊特大人……將彌亞小姐體內的魔力吸走了。」

帕思莉亞額頭冒著汗水，表情猶豫地說出了連自己都很難相信、但唯有如此才能正確解釋現狀的說明。

這、這模樣，就像是以魔力為食……

身為能夠察知魔力流動的名族，帕思莉亞感受到從來沒有見過的豐沛魔力彷如液體般，從獅耳女郎體內流向魔王咽喉，但真正讓她震驚的還不只如此。

這到底是什麼系統，和已知的任何魔法理論都不相容！

進入魔王體內的魔力，究竟去了哪裡？

這才是真正讓帕思莉亞感到無法理解的事情。

她無法測知魔王所擁有的「魔力」，這實在超乎常理。

「魔力」存在於自然界萬事萬物之中，即便是無法使用魔法之人，身上也帶有微弱的存量，可是，就如帕思莉亞此刻所見，伊特的魔力居然是「零」。

明明吃下了那麼多魔力，而且她分明才剛在他們眼前使用魔法，怎麼可能一點魔力也沒有？

第六天魔族，或者說世間任何的魔法，都必須花費時間事先構築出完整的魔力環節系統，再利用術者自身的力量加以點燃，這也是為什麼要架構一套「短步詠唱」的法術會如此困難，但是，伊特徹底顛覆了這個定理。

察覺不到魔力施放的那一瞬間，魔法憑空生成，並且即時生效……帕思莉亞有種一直以來關於魔法的認知一點一滴崩塌的虛浮感。

心中充滿了謎團，正當帕思莉亞雙眸搖曳不定時，突然感覺到一道視線。

第二天魔王好像不經意地瞄了她一眼，害得她心臟大跳特跳。

這時，伊特將嘴離開了彌亞的頸項。

「唔……」

獅耳女郎發出了呻吟。

光芒纏繞的身軀緩緩地降落下來，惠恩和雪琳趕緊上前接住，小心翼翼地讓她平躺在地。

「她體內的魔力已經驅散完成了，不過還得再休息一陣子……」

離開獅耳女郎身邊，拭去嘴角鮮血，整個人蜷縮在抱枕上的伊特顯得很疲累的樣子……但也可能只是單純想睡覺。

不知道她所謂「需要休息一陣子」的人，是自己還是獅耳女郎？

簡單地安頓了彌亞，惠恩站起身，感激地對著伊特鞠了一躬。

「謝謝您，伊特大人。」

「不用謝，你既然通過試煉，本來就該獲得獎賞。」

「那個……我還不知道您口口聲聲說的試煉到底是什麼？」

「唔……」伊特搔搔腦袋，然後揉了揉惺忪的雙眼，趴在柔軟的抱枕上，飛到惠恩面前。

「也是，是我失禮了，沒有事先說明清楚。那麼，接下來就向各位說明關於試煉，還有死境的真相吧，這也算是獎賞的一環。」

伊特朝天空晃了晃手指。

四個人同時露出了聚精會神，渴望聆聽故事的表情，然而……

眼神閃閃發亮的，其中好像也包括了一名身為死境成員，本該對自己的國度再熟悉不過的少女。

「白聆小姐？」

「啊，那、那個……我、人家也……」

承受四面八方同時射來的視線，藍髮少女面紅耳赤，低下了頭。

「活該！平時叫妳讀書就不聽。」

伊特翹起嘴角，趁機落井下石，白聆大汗淋漓。

「對不起嘛，人家知錯了啦！我、我保證以後會認真學習啦……」

「算了，欺負妳就到此為止吧！」

無視藍髮少女魔王抱著好友的腳跟淚眼汪汪地懺悔，伊特知道這只不過是她三分鐘熱度時所說出來的誓約，恐怕轉瞬間就會拋到腦後了吧！但無所謂，只要看見白聆出糗的模樣就讓她相當滿足。

「首先，要從哪裡說起好呢？嗯……就先說這個試煉本身吧。這是由遠古時期我等的主人們所訂立的考驗。許久以前，我們的主人曾在這片大地上建立璀璨的文明。」

伊特的聲音中充滿了無比的崇敬。

「主人？」

惠恩想起了不久之前所經過的城鎮，那些巨大到令人無比驚嘆的建築，還有地下祭壇通道的精細浮雕，若不是高度發達的文明絕對沒辦法打造出來，雖然和全盛時期肯定無法相比。

「爾等凡民種族的語言中，沒有適合指涉主人的單字。」

「妳說的是真的嗎？就連第六天魔城王立大學的圖書館裡也完全沒有相關的記載啊！」

昏暗的光線中，身軀完全陷入抱枕之中的伊特換了一個舒服的姿勢，儘管語氣慵懶，然而這番話語卻讓幾乎把大圖書館內所有藏書讀遍的帕思莉亞嚇得臉色發白，和惠恩面面相覷。

「可是，如果妳說的這個主人這麼厲害的話，他們現在又在哪裡呢？」

盤膝而坐的雪琳如此問道。

「遠古的時代，主人們在這片大地的中央實驗了一道終極法術，我們不知道法術成功與否，但在那之後，這裡就成了現在這副模樣……殘餘的力量讓擅闖這片境域之人即使死後依然重新站起，再次獲得的生命再也不會結束，直到地老天荒。」

「不會結束的生命……難道是說不死者？」

帕思莉亞駭然地喊出了這個名詞，隨即，眾人一齊轉頭看向藍髮少女。

「啊、啊咧？」遭受視線集中的白聆顯得不知所措。

「我是這樣來的嗎？」

「沒錯，不管是白聆妳、巫妖，還是殭屍，都是因為主人們留下的力量而重獲新生……這，也算是主人們的遺產之一吧！但絕大多數的寶藏仍保存於這座宮城，由我們守者一族世代保管。」

「守者一族？」

「我們是由主人以上古傳說中的魔物外貌為藍本所創造，但跟他們不一樣的是，守者一族只需要吸收微量魔力就得以生存。不過，凡民們更喜歡稱呼我們為第二天魔族。」

守者一族——這才是第二天魔族真正的名字。

就連帕思莉亞也不曾聽聞的祕辛，讓眾人大感驚奇。

「這座廢城底下就是遺產的寶庫，主人們有感於凡民種族太過落後，因此留下規訓，只要有人能通過考驗，就有資格帶走一樣寶物。千百年來，各個種族都曾出現不畏艱難的勇者，從我們手中得到贈禮。」

依照伊特所說，死境的真相並非絕對的祕密，每當有人通過試煉，第二天魔族也會不吝告知他們詳情，但奇怪的是，這些資訊完全沒有在外界傳開。

「那麼，您其他的族人呢？」

「就在你們身邊喲！」

「咦咦？」

帕思莉亞吃驚地左右張望。

伊特揉了揉愛睏的雙眼，再用手指比了一比，憑空浮現的鬼火，稍微提高了室內的亮度，眾人這才發覺擺滿大廳的匣子，原來竟是一具具華美精細的棺槨。

「哇啊啊啊！」

起初不以為意地隨意倚著一具棺木的雪琳，嚇得立刻像是尾巴著火的貓般跳了起來。

一旁的帕思莉亞也瑟瑟發抖。

「他、他們都死了嗎？」

「不是死了，是睡著了。」

伊特搖了搖頭。

「除了我以外的族人都陷入了漫長的休眠，只有在必要時才會甦醒。」

「嗚、嗚啊……」

「如果你們有興趣，也可以跟他們打個招呼。」

伊特輕描淡寫地說道。

「我、我看還是不要好了……」

雪琳和帕思莉亞臉色蒼白，一個勁地拼命搖頭。白聆則像是不知道有什麼好害怕般地露出了困惑的表情。

「為什麼第二天魔族會陷入沉睡呢？」

「因為沒事可做啊，惠恩少年！」

「呃……」

「主持試煉根本不需要那麼多人，說起來，沒有試煉的時候，日子過得還挺無聊的，於是大家決定推派一位代表，讓其他人可以做自己的事……只不過經過那麼長的時間，能做的事情都做完了，乾脆統統躲起來睡覺算了。只要再熬個幾百年，我也可以把這爛攤子扔給下一個倒楣鬼，到時候就可以無限睡到爽了。」

在說最後一句的時候，伊特像是幻想著那一天到來時的光景般握緊了拳頭。

聽完伊特這番解釋的眾人一陣無語。

陷入沉睡的理由……竟然是因為無聊？

「其他族人都陷入休眠，只剩下您一個人在做事，要獨自擔起魔王的責任一定很辛苦吧，難怪您一副睡眠不足的模樣。」

惠恩乾笑著勉強擠出了一些客套話，想不到伊特卻搖了搖手。

「其實一點也不會喔！」

「耶？」其他人的臉上頓時露出了驚訝的表情。

「你們想想嘛，光是穿過死境就很不容易了，大概幾百年才會遇到一個吧，這還不提後續的試煉呢！」

「等、等一下，所以這其實根本就是閒差吧！」

聽到這番話，雪琳隨即不受控制地大聲吐槽，但面對如此失禮的舉動，惠恩和帕思莉亞也顧不得制止，因為同時間的兩人也正倍受衝擊。

到底第二天魔王愛睏的原因是……

「伊特是因為熬夜看書所以才會睡眠不足喔。」

「是從過去意外喪生的商隊裡找到的有趣連載小說，一本一本接著看根本就沒時間睡覺，真的很苦惱呢！」

「結果，居然是因為補番？」

還以為是因為治療彌亞耗用太多力氣，想不到根本就沒有半點關係！

「……哈啊！」

「咦，惠恩大人，你怎麼一副很疲累的樣子？」

「不，那個……事實的真相實在太出乎我們意料了，白聆小姐。」

惠恩垮著雙肩，一副有氣無力的模樣，雪琳、帕思莉亞也不遑多讓。

眾人奇怪的反應，讓不明就裡的白聆感到一頭霧水。

「如果累了，是不是去休息一下比較好，惠恩大人？」

「反正你們的朋友現在沒有什麼大礙，就讓她好好靜養……我也想要休息一下了。」

說完，伊特打了一個大大的呵欠，抓著抱枕咻地飛起，鑽進了一具棺材中，不一會兒就傳出了細微的打呼聲。

「唔，就讓伊特大人好好休息吧！」

再次確定彌亞的狀態無礙之後，惠恩也暫時鬆了一口氣。

此時，雪琳和帕思莉亞交換了一個眼神，隨即面朝惠恩向旁邊比了一比。

「兔子，妳留在這裡照顧彌亞，惠恩，你跟我來。」

驚訝的惠恩微微張開了嘴，但還是緊跟在雪琳後面。

兩人離開大廳，來到隔壁的一個小房間。

「你是……」

房間內捆著一個令人意想不到的人物。

「喔喔，原來是軟腳蝦魔王啊！」

身體被粗重的繩子結實地和木柱綁在一起，鬣狗耳男子混蛋，在完全失去自由的情況下依舊桀驁不馴。

「真是可惜，那時候差一點就能宰掉你了。」

混蛋撇著嘴露出歪扭的笑容，雪琳旋即皺起眉頭厲聲警告。

「喂！給我小心你的嘴。惠恩，這傢伙就是帶人追殺我們的主謀，而且他是奈恩的手下。」

「奈恩……」

聽見金髮魔將的名字，惠恩望向銀髮少女，後者雙臂環胸，歪著腦袋露出不解的神情。

「雖然我早就知道奈恩那傢伙不懷好意，但居然派人千里迢迢深入死境，這根本沒道理啊……可惡，再怎麼逼他，也沒辦法再問出更多東西來了。你這個混蛋，我可不是在誇你，別給我驕傲地挺起下巴啊！」

「哇、哇啊，雪琳，別踹人！」

雪琳氣得提起腳來，被惠恩倉皇制止。

為了不讓暴力事件真的發生，藍髮魔王不得已必須站到前面來。

「呃，那個，混蛋……先生？」

猶豫了一下，惠恩決定向俘虜使用了尊稱，反而讓混蛋露出了彆扭的表情。

聽起來好像哪裡怪怪的？

「喂！別用那種方式稱呼我啊，雞皮疙瘩都起來了！」

「是嗎？」惠恩苦笑著聳了聳肩。

不過，即使放低了姿態，也無法就此縮短和對方之間的距離，鬣狗耳男子一邊扯著話，一邊卻掉過了頭，戒心依然很重。

藍髮魔王淡淡地嘆了一口氣。

「我認為不會是奈恩大人派你來的。」

「嗯？」

「咦？」

雪琳睜大雙眼，混蛋也驚訝地馬上把頭轉了過來，兩人同一時間所發出來的驚呼聲重疊到了一起。

「奈恩大人不是那種出爾反爾的人，以他的自尊心，不可能輕易打破約定吧！」

「約定？」雪琳輕輕挑了挑眉，喉嚨哼了一聲像是在問：「你還有什麼事情瞞著我？」

從背後射將過來的視線讓惠恩背心冒出冷汗，悄悄地轉移了視線。

「這都被你猜到？哼哼，很遺憾，我什麼也不會說。」

「我沒有要逼問你，只是想知道你對我有什麼深仇大恨，讓你不惜追到死境，也要取我性命。」

「威脅、阻礙……隨你怎麼說吧，光只是離開魔境還不夠，為了奈恩大人的大業，最好請你永遠從這個世上消失！」

「適可而止吧，你這……唔！」

雪琳再次發出怒喝，不過又被惠恩阻擋住了。

「拜託……」藍髮少年竭盡全力擋著怒氣沖沖的勇者。

帶著惱怒的目光，她暫時往後退，將對話的主導權讓給惠恩。

「沒關係，雪琳，我早就習慣因為我的出身，老是被人莫名其妙地追殺了。那個，我們能談談嗎？」

「啥？」

「我對戰士階層所知甚少，不，甚至可以說是一無所知。一直以來，我總是視你們為邁向和平的阻礙，你們的思考方式和平民不一樣，和名族也不一樣，除了奈恩大人之外，誰也不曾好好了解你們。

「成長背景差異如此巨大的我們，如果不能好好溝通，永遠也無法知道彼此想要的是什麼，因此，這一次，我希望能夠正視你們的想法。」

惠恩乾脆就在混蛋面前坐了下來。

現在，問話之人變成和被俘虜之人平行的視線高度了。不，真要說起來的話，反而是身材略高的混蛋可以由上往下俯看著魔王。

真是一幅奇妙的光景。

「為什麼你們會這麼執著於再次掀起戰爭？和平的日子究竟有哪裡讓你們感到不滿？」

「我可沒有義務要告訴你，如果是想拉攏人心那就免了！」

「我並沒有打算那麼做，就算是當作發牢騷也好，說說看吧！」

混蛋「呿」了一聲，傲慢地抬高頭。

「那我就當作你是答應了。」惠恩這麼說著，盤起了雙腿並把兩手放在膝蓋上，傾身向前。

「為什麼你們戰士這麼討厭和平？」

「呸！和平這種東西，不就是無聊的代名詞嗎！」

混蛋斜眼望著惠恩，語氣充滿了嘲諷。

「我們是戰士，戰士啊！光聽名字就該懂了吧，難道還要我教你不成？我們這個階層就是為了戰爭而被創造出來的，讓第六天魔族稱霸大陸，除此之外沒有別的生存意義！」

「沒有人規定這種事，任何人只要想活著，都可以大大方方地活著。我們的國家也可以和其他種族和平共存，不必非得爭出個第一不可。」

「你就是抱著這種天真的想法，難怪會被奈恩大人看不起。」

「我們之間的歧異確實很大，而且，說實在的，現在的我沒有足夠的力量反駁、制止他，但我不認為我是錯的。我覺得奈恩大人像是被過去的鬼魂束縛住了。」

「你說什麼！」

鬣狗耳男子陡然間睜圓了雙眼。只要有人膽敢在他面前說奈恩的壞話，他絕對不會放過對方，要不是現在沒辦法，不然他肯定會撲上去用牙齒咬斷對方的頸動脈。

「我是看了前代魔王才會這麼想。」

「前……什麼？」

「那是前代遺留在試煉裡的碎片吧！我是這麼猜測的，前代是創造出戰士這個扭曲階層的始作俑者，而且滿腦子都只有征服大陸的霸業。他是一個沒有同情心的人，即使知道這麼做將造成無數人的幸福破碎，我想他大概也會無動於衷。在那個人的理念裡，下位階層為上位階層犧牲奉獻，是理所當然的。」

「第六天魔族本來就是如此。」混蛋嘀咕著說。

惠恩卻突然皺起了眉。

「才不是這樣！」

他大喊。

這一喊，不只正前方的混蛋愣住了，連站在後面打呵欠的雪琳也嚇了一跳，差點咬到舌頭。

藍髮少年的情緒十分激動。

「不管是古代種、名族、平民，還是戰士，每個人的性命都只有一條啊！既然獨一無二，到底誰有資格要求他人為自己的喜好犧牲奉獻？我不認為有誰可以大言不慚地宣稱自己比別人優越，從而支配其他人。」

「你瘋了吧？這是一個魔王該說的話嗎？」

「難道你覺得這有什麼不對嗎？」

「獸人族本來就是階級社會，物種的差異是天生的，怎麼樣也無法消除。而身為超上位種的前代和奈恩大人，不管是能力、智識，還是壽命，都不是我們這種下階層獸人可以比擬的，聽從他們的命令再合理不過……」

「你這番話有個嚴重的矛盾，如果你真的如此尊崇上位種，為何你稍早之前還想著要殺我呢？」

混蛋嘴唇翕動，啞口無言。

「在你眼中，即使是身為古代種的我，恐怕也毫無價值吧？但這不就代表了世上自有一套評斷孰優孰劣的準則，與階級無關，而是源於你本身嗎？難道這樣還不足以證明你也能獨立思考？」

既沒有焦躁，也沒有得意，惠恩只是沉住氣息，一針見血地訴說自身的主張。

「從來沒有人告訴你們這些吧？但是這不是你們的錯。前代第六天魔王為了方便統治，擅自將自己的價值觀加諸在你們身上，在他死去之後，你們自然也找不到未來的方向，變得只剩下破壞的欲望了，就連星見祭這麼重要的祭典，都敢去搗亂。」

混蛋的臉色一陣青一陣白，找不到任何詞語反駁。

後方的銀髮少女忍不住「噗哧」一聲笑出了聲。

「這個傢伙……不能拿來跟一般的魔族相比啊！」

她抿著嘴顫動雙肩，一副被逗樂了的模樣。

「可惡，臭女人，這次我倒真的不能不同意妳了。」

「雪琳，混蛋先生，感覺你們好像站在同一陣線在說我壞話一樣……」惠恩無奈地稍微漲紅了臉。

「無論是誰，都沒有哪一種觀點是絕對正確的。但我認為，比起懷著仇恨互相傷害，還不如坐下來討論交流，終有一天我們一定能夠透過溝通產生了解，得到一條最適合所有人的路。」

「如果現在要你就這樣放棄，恐怕也是很難辦到的吧？」

「當然，我不會輕易背叛奈恩大人的。」

鬣狗耳男子篤定地回答道。惠恩像是理解般地垂下了視線。

「可是，至少我希望你能好好考慮清楚，就算你再如何尊敬奈恩大人，也不必全盤接受他的信念。戰士不一定只有回到戰爭這個選項。」

「哼！」

惠恩嘆口氣，站了起來。

「再給你一點時間吧。」

「咦，就這樣？」

看到惠恩如此簡單放棄，雪琳意外地皺起眉頭。

「不給他來一點嚴刑拷問，逼出更多內幕嗎？」

銀髮少女雙手扠腰，像看垃圾一樣地看著鬣狗耳男子。

「畢竟我們也被他害得那麼慘，就把他痛打一頓，再送回去給奈恩啊，讓那個金髮輕浮男也知道知道我們的厲害。」

「雪、雪琳，我剛剛講的，妳沒有聽到嗎？」

聽到銀髮少女若無其事地主張暴力，年輕魔王的腦袋上冒出了汗水。

「我們要制止這種仇恨的循環。」

「知道了知道了。」

「嗯嗯。」

「至少，讓我踹個兩腳吧？」

「——雪琳！」

「開玩笑的啦！」

雪琳笑著拍了拍他的肩膀，然後瞥了混蛋一眼。

「怎麼樣，怕了？」

「哈，別笑死人了。何況拷問我是沒用的，因為我來的這件事，奈恩大人可不知情。」

「哦？」

雪琳歪著頭應了一聲。

這時，惠恩插了口：「那麼，要是奈恩大人知道了，他會阻止你嗎？會在你任務失敗之後無論如何都趕來救你嗎？」

「當然不會，奈恩大人不會做出那樣因小失大的愚蠢行為。」

混蛋信心滿滿地說道。

惠恩點了點頭。

「那麼，你的心中，也是希望奈恩大人這麼做嗎？」

驚愕的混蛋張大了嘴，一時啞然無言。

「等……你說什麼？」

惠恩站起身，不再多說，轉身走出了房間。

雪琳再次確認了綁住混蛋的繩索依然穩固後，也跟在後面離開了。

「喂！」

叫喊聲無法攔阻對方，慢了一步吐出來的話語撞上了迴廊傳來的跫音。

鬣狗耳男子感覺胸膛像是被巨槌狠狠敲擊命中般，穿心欲嘔。

「混……」

咒罵下意識地脫口而出，卻又隨即想到這豈不是拐了個彎在罵自己嗎？

在進退兩難的荒謬處境中，混蛋哭笑不得。

之所以如此氣急敗壞，他的心，其實早已知曉惠恩留下的問題的答案。

以空白作為代替的無聲懸問比什麼都來得尖銳。

咬緊牙關，品嘗著讓人無力的苦澀沉默，男子被動搖的情緒沖垮，在黑暗中不停顫抖。

Unemployed Heroine and Devil's Guard

ch.4 旅程重新開始

「啊，睡得真香！」

從專屬的棺材裡頭坐起上半身，伊特舒爽地伸了一個懶腰。

喀啦、喀啦、嘰——

「嗚！」

「妳叫什麼，我都沒有唉唉叫了。」

「不、不是啦，那個聲音，聽起來很恐怖耶，伊特。」

「妳明明是個不死者，卻老是在那邊怕東怕西的。」

「嗚、嗚呃，難道是起床氣？」

「不，我已經完全睡飽了。」

和之前相比顯得精神抖擻（只有一點點，但也不會持續太久）的伊特享受地伸展筋骨，撐著棺木兩側緩緩地站了起來。

「就是因為有了力氣才好對妳毒舌。」

「怎、怎麼這樣？」

伊特的確已經充分地睡飽了，雖然看起來還是無精打采，但她平時的面容就是這樣。

獲得充足的體力，又可以盡情欺負白聆，度過美好的一天。

或許有人會覺得這樣很殘忍，但伊特可不這樣認為。畢竟要人離開床鋪是如此地痛苦，如果不找個充足的理由，總是說不過去的吧？

白聆一定也會欣然接受的，因為她們可是朋友嘛！

「早上的份就先到這裡……妳別再露出那種可憐兮兮的表情了啦！是說，其他人呢？」

「啊，嗯，惠恩大人和伙伴們先去休息了。」

事情暫告一段落之後，漫長冒險累積的疲勞感一口氣爆發了出來，疲憊不堪的惠恩等三人，在宮殿裡找了一個乾淨處紛紛睡下。

只有身為不死者的白聆，永遠不需要闔眼，就連被創造者賦予強韌肉體的伊特都沒辦法辦到。雖然有時候白聆也會做「睡覺」這樣的行為，但那更近似於閉上眼度過漫長的無聊時光，而非是為了修補身體的疲勞。

不想打擾他們休息，百無聊賴的白聆於是做了她平時最常做的事——一個人跑出來遊蕩。

好幾個小時……好幾天……好幾年……白聆非常習於獨自度過漫長的時間。

生物一步步朝向死亡邁進，所伴隨而生的急躁感對她全然不適用，只要她胸前的寶石依然閃爍——而其也必將持續閃爍——在這世上，第二天魔族尚未得知有任何可以損壞那顆寶石的方法，它將會永遠停駐在少女的胸口。

「這樣啊……」

伊特垂著目光微微頷首，無意義地應了一聲，慢吞吞地爬出了棺材。

終年籠罩在夜幕中的死境，住民們也相對地不具備正常的生理時鐘，過著醒了又睡，睡了又醒的生活，可以說是糜爛，但對某些人而言一定十分幸福吧！

「今天也舒適地在被窩裡把小說看一遍好了。」

反正很閒，真的很閒。

又不是一天到晚都有人闖過死境，挑戰試煉。

「又要看書……伊特，那本書妳不是已經看過無數次了嗎？」

「一部好的作品當然值得一看再看，妳不要囉唆。」

伊特從床底下拿出她最愛的作品，已經被摸得快要磨平的封面上依稀可見書名是《純情魔王俏管家》。每當伊特捧起書本，白聆總是希望她能別再沉浸在小說的情節裡面，多陪她玩耍，但伊特照慣例把她晾在一旁。

預計白聆會像往常一樣「盧」自己的伊特，卻遲遲沒有等到好友的騷擾。

咦，看樣子她今天特別乖喔！

稍微瞥了一眼，只見白聆坐在棺材的側緣晃著雙腳。

「伊特，治療完彌亞小姐之後，惠恩大人他們就要返回家鄉了吧。」

「這不是當然的嗎？

伊特想也不想地回答道，瞪向好友時，卻發覺對方的神情有些不對勁。

那是一副欲言又止、猶豫不決的表情。

輕輕皺著眉，第二天魔王的內心敲響了警鐘。

「等等，妳幹麻露出那種表情？白聆，我就單刀直入地問了，妳打算怎麼做？」

「我……我……」

白聆心虛地移轉了視線。

「從實招來！」伊特沉聲補充了一句。

「呃，那、那個……人家想要和他們一起走。」

白聆低著頭戳著雙手的食指回答。

伊特登時睜大了眼睛。

「妳說什麼！」

「嗚、嗚哇啊啊啊！」

白聆嚇得一頭掉進了棺材裡，「痛痛痛——伊特，妳別突然這麼大聲嘛！」她摀著耳朵，才剛頭暈腦脹地爬起來時，衣領就被揪住。

只見伊特豎起眉梢，眼睛都快要噴出火來。

兩人的臉湊到了鼻子都快要碰到一起的距離，壓迫感十足。

「給我好好解釋清楚。」

從沒看過好友這般激動的模樣，白聆渾身發抖。

「伊特，妳好可怕，先放開我好不好？」

「我不放！」

金髮魔王以前所未有的嚴厲語氣再次開口：

「除非妳再給我說一次。」

「人、人家想跟惠恩大人他們一起走……」

「走?·走去哪裡，離開死境嗎？」

「嗯……」

白聆點了點頭，伊特果真放開了她的衣領。

但緊接著，連連後退了好幾步，倒抽一口冷氣。

「妳怎麼會產生這種想法？」

「因為我覺得跟著惠恩大人他們一起的話，可以在外面看到更廣大的世界，更多有趣的事情嘛……」

白聆搔著後腦勺，難為情地透露出了原因。

遠從異域造訪的惠恩等一行人，打開了第一天魔王的視野。

在遇見惠恩他們以前，白聆只曉得終日在死境內遊蕩，漫無目的，不知道這樣做的意義是什麼，只是在永恆無聊中，寂寥地虛度光陰。

她有數不盡的時間可以揮霍，從來都不知道這有什麼不妥。

可是當惠恩、雪琳這些只擁有短暫壽命的存在闖入她的世界時，活著的人們帶來了前所未有的衝擊。

每當他們眼前看見一樣東西，會問那是什麼；若對某件事情感到困惑時，便去思索、探究事物背後的意義；站在遠古殘留遺跡前時，會憧憬、幻想昔日的榮景。

豐滿的心智活動，既懂得如何思念過往，也知道該往前看……最重要的是，他們明白要怎麼活在當下。在有限的時日裡，這些隨時隨地受到死亡所威脅的人們，把握住每一分每一秒，讓生命充滿了意義。

所以，無限時間的存在——白聆被打動了。

被必滅者散發出來的光芒。

她尚無法回答這感覺究竟是什麼，但在與這群人相遇之後的一切，她那長久封閉的心靈，逐漸地解開石化的狀態。

和伙伴之間互相關照產生的羈絆，想探索世上更多未知的欲望，以及，想要思考自己究竟是誰的迷惘……

抬起頭來望向天空，悠然神往的白聆如此開口：「這些都是我在第一天魔境從沒體驗過的。」

伊特吶吶地說不出話。

她看得出來，白聆身上有某種東西「變了」。

然而「變化」，正是最讓她感到害怕的事情，尤其是在白聆的身上。

「不、不可以，白聆。」

本以為好友必然無條件支持自己，卻遭受意想不到的反對，白聆露出了訝然的表情。

「妳必須認真考慮清楚，妳的身分是死境之王，繼承了主人們的終極遺產，是世上獨一無二的個體，永遠不會消磨，是近乎……不對，妳就是完美本身啊！那些註定消亡的凡人種族根本不適合與妳同行。」

伊特抓著驚訝的白聆肩膀，急切地說道。

白聆胸前的那顆寶石，是「那個種族」最偉大的遺產。

為少女的軀體，帶來直到永恆的守護。

不毀、不壞、不變。

即使是普通的殭屍，經歷了長久的時間，身軀也會因為不斷受到物理性的摧殘而磨損，直到某一天完全灰飛煙滅，唯有白聆將會存在到地老天荒為止。

佩戴這顆寶石的白聆，就等同於得到了所有不死族——無論是否擁有自我意志——本能的效忠，甚至，就連伊特等守者一族也是如此。

「伊、伊特！」

藍髮少女魔王露出驚慌的表情，是因為好友倏然在自己面前跪下。

就像誓言守護公主的騎士，伊特神色認真，緊緊抓住了白聆的手。

「我有責任要守護妳，序列比所有試煉都更靠前，這是最優先事項。」

「但、但是……」

「妳能夠保證離開死境之後，一切都能順順利利嗎？告訴妳，別傻了！」

金髮魔王疾言厲色地說：「死境內的種族，對外界來說就是怪物，而且是怪物中的怪物！不是每個人都能夠笑嘻嘻地接納妳，更多的是唾棄、辱罵和敵意，妳承受得了嗎？」

「唔，我……」

「更何況，妳是不死者，他們是必滅者，他們的生命在妳眼中倏忽即逝，沒過多久就要分開了。妳或許現在會覺得和他們在一起很有趣，但這一切很快就會結束，和他們牽扯越深，之後只會越痛苦。快點放棄吧，白聆。」

「伊特！」

伊特緊握的手越收越緊，終於到了會把人弄痛的程度，白聆吃痛地把手一甩。

「我不會放棄！」

聳起肩膀，她朝最珍惜的好友，將心意擠出胸膛，顫聲大喊：

「是惠恩大人他們教了我什麼是勇氣，即使遇上難關，也絕對不會退縮！伊特，妳說得對，也許死境之外有會很多可怕的事情，但，我不會被嚇倒，我……如果繼續待在這裡，我永遠也不會成長……以後一定會後悔的！」

「妳說後悔？」

第二天魔王的臉上，露出了難以置信的表情。

藉著藍髮少女耿直的瞳眸，她所看見的是，毫無動搖的堅定決心。

「後悔……那是從事情發生過後回顧過去，承認自己並不完美的一種情緒反應，妳竟然學會了用這個詞語？」

這真的是自己所認識的白聆嗎？伊特無法回答自己。

藍髮少女緊抿薄唇，眼睛眨也不眨，毫無虛假的目光，令伊特動容。

「我並不是伊特所說的完美存在，我還有一大堆缺點……可是今後我會努力改進……」

白聆握緊雙拳，彷彿一步也不能退讓，用盡全副的努力如此說著。

伊特沉默了半晌，她晃著金色瀑布般的長髮，搖了搖頭。

「好吧。」

「呃，妳是說……」

「要去就去吧，我不會阻止妳了。」

白聆驚訝地望著突然改變心意的好友，伊特閉上了雙眼。

「是我忘了妳跟我們不同，白聆，在戴上寶石之前，妳也曾是他們的一員，自然擁有邁向成長的可能性。在原地踏步的是我們……守者，被創造出來、沒有受到祝福的種族。」

「伊特……」

白聆抓著自己的手腕，連連眨眼，金髮魔王聳了聳肩。

「無法變化的守者，沒有阻擋妳『變化』的權利。」

伊特轉頭，遙望彼處的目光看起來既悲傷又虛幻。

「妳就儘管去展翅高飛吧，盡情地探索這個世界。呵！我早就知道這一天終究會來，死境沒有辦法困住妳一輩子……不，妳會活得比我們任何人都還要久，守者的職責是服侍妳、保護妳，而不是束縛妳啊！」

「不對，伊特，妳才沒有束縛我。」

白聆主動抓住了她的雙手。

「當我迷失在死境裡的時候，是第二天魔族接納了我，這份恩情我永遠不會忘記！對我來說，你們每一個人都無可取代。特別是妳，伊特，妳是我最好的朋友，雖然妳總是嫌我麻煩，但我知道，妳是在保護我。」

「白聆……」

「只是，過去的我真的太混，這一次，我……我想要長大了。」

兩人互相凝望了許久，伊特的表情漸漸放鬆，白聆也露出了笑容。

「所以，妳花了一千年總算認識到了嗎？」

「欸、欸？」

事情好像有點不對勁？第一天魔王上揚的嘴角，微微地僵固了。

對方的語氣、目光，彷彿再次變回那個老是愛捉弄自己的模樣。

「等等，伊特，現在的氣氛……」

「氣氛怎麼了嗎？好哇！妳終於知道自己以前有多廢了吧？說啊，從以前到現在出的包，都是誰在罩妳的？」

「嗚、嗚嗚……不該是這樣的吧，被、被我感動一下也不行嗎？」

「當然不行。」

一股寒意從腳底向上竄升，藍髮少女冷汗直流，第二天魔王則是帶著狡詐的表情，傾身向前，步步進逼。

現在就算想拉開距離好像也來不及了，說起來，自己幹嘛要先去抓起對方的手？只一瞬間，就換成伊特反過來和白聆十指交扣，讓她想跑也跑不掉。

「我要把妳剛到魔城開始所闖的禍，一條一條跟妳慢慢算！」

「不、不要啊！」

藍髮少女大聲哀號，使出了吃奶的力氣，掙脫束縛。

然後頭也不回地，一溜煙地逃開了。

「真是的……」

望著白聆落荒而逃的身影，伊特又好氣又好笑，但並沒有追上去。

向上弧彎的嘴角，隔了好一陣子才平復下來。

她站到大廳中央，望著舉室棺木，喃喃自語。

「各位都聽到了嗎？或許就在今天，我們將會完成主人賦予我們的其中一項任務。」

回應著伊特的，是迴盪在昏暗空間內永恆的寂靜。

事實上，她也無須任何回應。

因為同是被創造出來的守者，不需要任何討論或者交換意見，必能獲得同樣的結論來，靠的是根深蒂固在靈魂之中的本能。

「不生者，雖然存在，卻不具有生命的意義。我們是被創造出來服侍偉大主宰的存在，卻因為主人的消失，從此失去了存在的價值，成為了徘徊在這世上的亡靈，漂流於時間中的殘絮。」

悲哀的語氣，訴說著壓抑在內心深處的想法。

空氣凝滯沉結，空中劃過了暗紫色的閃電，映亮蒼白面容。

伊特側著頭，凝視著虛空，露出一抹悵然若失的微笑。

「我們是行屍走肉，比無腦的殭屍更為可悲。漫無目的，除了遵守主人賦予的任務之外別無他想，但在再也沒有人能指引我們的現在……」

不生者早已不知道該何去何從。

生命，本該和世界相互影響，追尋、出發、探索……向著未知的一切耗盡自身的能量，到達極限之後，才能突破並成長。

既因外在的因素而改變，也因為自身的行為而改變環境，相輔相成，然後達到協調。

然而，對於守者一族來說，這樣的事情，如同一種可望而不可及的幻想。

「凡民種族啊，和你們不同，我們欠缺向這世界展露自身的欲望。」

同時，也失去了「成長性」。

這是被創造出來者所發出來的最大悲嘆。

與世界之理相悖，卻無可奈何。

因為，這是本能。

金色的雙瞳，毫無生命該有的「活力」，只是映出了充滿破敗的目光。

以及虛幻的、如同透明般的微笑。

「但是，白聆，妳不必踏上與我們相同的道路。」

受到祝福的遺產繼承者，甚至不受這個世界「消亡」的規律束縛，能夠無限制地盡情改變下去的少女，永遠的少女。

伊特的使命，就是要守護這樣的存在。

「能夠改變世界，也能夠被世界改變的你們，是受到祝福的。凡民啊！主人們留下了給你們的禮物，既然被賦予了力量，就盡情地依照自己的意志，隨心所欲地形塑一切吧！你們和我們不同，這個世界是屬於你們的啊。」

「就是這樣，各位貴客的馬車跟行李，現在都原封不動地交還了。」

「喔喔喔！」

死境沒有白天夜晚的分別，距離伊特治療完彌亞後十數個小時，惠恩等人得到了充足的養精蓄銳。

地點在第一天魔城的正門。

正當惠恩等一行人正準備向伊特辭別，啟程返回家園時，出現了意想不到的訪客。

第一天魔族的巫妖，帶來了他們遺落在鎮上遺跡的馬車。

「我們奉伊特大人的命令，保管各位的東西。」巫妖解釋著，把轠繩交還給了銀髮少女。

雪琳露出了喜出望外的笑容。

「有了馬車，要回去就方便得多了！」

確實如此，要是得靠雙腳從魔城再走回邊境，沿途不知道會有多麼辛苦。

再次檢查了車上的物資，發現無論是食物、清水都保存得非常良好。

「這可真是幫了大忙啦！不過，我倒是挺意外的，本來還以為馬兒會被你們吃掉……」

「這是天大的誤會，雪琳大人，我們不死族不需要吃東西。」

「咦，是這樣嗎？」

「進食是生物為了活下去而具備的本能，身為不死族的我們，早已不需要了。」

「原來如此，但你們是怎麼讓馬兒活下來的？」

「我們用了維持生命的法術，就像這樣……」

巫妖揚起手，朝著馬匹施放一道道的綠光，馬兒好像變得更加有活力了一點。

雪琳看得讚嘆連連，一旁的兔耳少女臉上卻出現了三條線。

「你們不會拿車上的乾草餵給牠們吃嗎？雖然是魔法師，也不必老是只用魔法解決問題吧！而且你們明明是不死族，學習維持生命的法術到底是要給誰用啊？哇啊啊，吐槽點太多了到底該怎麼辦！」

但是雪琳和巫妖們看起來相談甚歡，誰也沒有注意到她在那邊撓腮苦惱。

而在另一方面……

「唔喔喔！」

「白聆，別跑那麼快，妳是小孩子嗎？眼睛都閃閃發亮了，真是的！」

白聆發出了心花怒放的歡呼聲衝向馬車，後方的伊特無可奈何地訓誡了一聲。

但這可是馬車，馬車！活生生的馬車呢！

「活生生」這個形容詞對死境的居民來說太新鮮了，也難怪白聆會如此興奮，她的心情早已被即將來臨的「馬車之旅」的憧憬所填滿，迫不及待地爬進了車廂。

「怎麼樣，咱們的移動旅館很氣派吧？」

彌亞嘻嘻笑著跟著爬上了馬車。

「這傢伙就交給你們了。」

「請放心吧，伊特大人，我們一定會盡全力保護好白聆小姐。」

「這倒不必，這世界上根本沒有東西能傷害得了她。」

伊特好像全然不在意白聆的安危，慢吞吞地說著，讓拍著胸脯努力顯露出可靠樣子的惠恩頓時十分尷尬。

「但是，這單純是指物理層面。這一去，白聆將會看到許許多多不同的事物吧，這世上可不是到處都像死境這麼和平，而是一個隨時會揮舞利爪、張開獠牙的世界。」

「您說的是。」

「心靈的傷害比起身體的傷還要難以癒合，稍有不慎就會釀成大害，白聆需要的是擁有強韌心靈的人引領她。雖然你並沒有強大的身體能力，精神層面卻很堅韌，正是最適合的人選。第六天魔王，希望我沒有看錯人啊！」

伊特抬起了仍惺忪的睡眼凝視著少年，微微淺笑。

第二天魔王的評語讓惠恩久久無法闔上自己的嘴巴。

等到冰冷的死境空氣稍微讓臉頰的熱度冷卻下來，他緩緩點頭，換上一副堅定的眼神。

「是，我一定不會辜負您的期望。」

「很不錯的表情……時間也不早了，你們趕快出發吧！」

「那我們就告辭了，伊特大人。」惠恩恭謹地應道。

伊特隨意地揮了揮手，似乎像是到達了體力的極限，打了一個大大的呵欠。

她帶著那顆看起來非常舒適的抱枕，隨時都可以把身軀陷在裡面。

等到帕思莉亞上了馬車，雪琳與惠恩跟著登了上駕駛席。

「再見了，伊特大人。」

以此作為最後的告別語，惠恩的聲音落下的同時，雪琳隨即甩動韁繩，駕！兩匹駿馬像是終於能甩脫不能奔跑的寂寞，盡情邁開雙足。

抱枕上的伊特抬起一隻手，灑出金光。

金色的光球拖著慧尾，飛到了兩匹馬的前方，像著鱗粉一樣的光芒為他們照耀眼前的道路。

「伊特！伊特！」

本來已經瞇起眼睛的伊特聽見遠處傳來的叫喚聲，抬起了頭。

駛下斜坡，白聆從馬車中探出了頭，朝她不停揮手。

「我這就出發啦！等我遊歷了更多地方，再回來把有趣的故事講給妳聽。啊，還有，我會記得幫妳買最新的小說！再見！」

「……這傢伙，還真是快活啊！」

伊特搖了搖頭，帶著複雜的表情勾起嘴角。

平時要不就是愛睏，要不就是平靜無波的第二天魔王臉上，流露出了罕見的情感。

而白聆仍然在不停地揮手。

馬車變得越來越小，最後化成了一個小點。凝望揚起的塵煙，金髮魔王的表情漸漸恢復過來，但依舊朝著固定的方向不動。

「伊特大人。」

巫妖們聚集在金髮魔王身邊，和她望著相同的方向。

「這下子，死境就會變得安靜許多了！」

一名巫妖感嘆地說著。

伊特用手掩住嘴巴打了個哈欠。

「那我也樂得清閒，以後睡覺就再也沒人來吵我了。」

「話雖如此，但看您的表情，其實是感到很寂寞吧？」

「別說傻話了。」

伊特想也不想地立即反駁。

巫妖們心照不宣，眼中透出了溫和的光芒。

「只是，我們的魔王離開了，以後我們該如何是好？」

「這段期間內，不死族暫時由我代為掌管，你們只要繼續像以前一樣做研究、過生活就好，總有一天，死境的真正主人會再度回來的。」

夜幕星空下，一陣清風吹來，魔王的話語聲和金髮同時飄揚。

伊特閉上了雙眼。

「她會回來的。」

在遙遠古老的年代，這片土地的居民曾經用一道魔法讓天空中所有閃爍的光芒永遠地固定了下來。

被捕捉住的剎那芳華猶如陷入了永恆的沉睡，卻成了從那之後自沉睡中甦醒的被創造物們，抬頭所見的唯一光景。

從那個時候開始，被遺留的守者就不斷地尋找能讓時間河流再次流動起來的方法。

雖然非常辛苦，不會改變的種族仍費盡心思追尋改變，期盼著比誰都還要漫長的生命能夠迎來解答。

但就在風遁去的所在，那裡有著她所堅信的答案。

馬車朝著漆黑地平線的盡頭不停奔馳。

Unemployed Heroine and Devil's Guard
ch.5 城市的命運

黑色的魔彩將天空的美麗撕裂開來。

戰場燃燒著火焰，從火焰而生的霾煙，就像毫不知禮數的粗俗流氓，堂而皇之、侵門踏戶闖進了諸神的領域。

即便是號稱最不拘泥於小節的黑暗女神阿爾洛諦絲，遇到這種事情也絕對無法忍受吧？那些黑煙是與美感或莊重絕緣、狂暴和混沌雜配而出的私生子，是連女神都會屏棄作嘔之物。

覆蓋在第六天魔城近郊的翠綠原野，化為鬱黃的地表龜裂乾枯，戰爭還沒結束。

「阿爾洛諦絲女神啊……」

站在半毀的城垛上，眺望著正前方的慘烈戰場，大名族帕思維爾忍不住為那修羅地獄般的情景發出了呻吟。

作為一輩子都不曾親歷前線、總是待在後方安穩之處「看守國家」的名族一員，在看了那麼多血肉糢糊的景象之後還沒有吐出來，帕思維爾可以說是非常勇敢。但是仔細看他的雙手，已經顫抖得連楞杖都快要握不住了。

風中飄散著濃厚的血腥味，帕思維爾的鼻子都快掉了下來，聽覺在無止境的兵刃交擊聲之間變得遲鈍不堪。

就在他的眼前，第四天魔族、第五天魔族、第六天魔族還有人類……照著雜亂無章的劇本，上演著不知所謂的瘋狂劇碼。

沒有筋疲力竭這回事，內心占據著發顛似的狂亂，直到昏厥以前讓身體全然按照著本能行動，揮舞著刀劍作為死亡的表演……如此血腥的驚悚橋段，難道非得要演到演員全部倒下為止嗎？但是，這又算什麼舞臺呢？

身為觀眾的帕思維爾一點也無法享受，反而極度渴望逃離。

半個月前，風不轉城的砲擊摧毀了第六天魔城四分之一的區域，但第五天魔族的攻勢也受挫於奈恩率領的正規軍與傭兵。集結於近郊平原的各大勢力，彼此之間陷入了漫長的膠著。

就在不知不覺間，從某個帕思維爾無法知曉的時間點起，戰士的廝殺變成了一種令人無法理解的荒謬例行公事。

當太陽升起，第五天魔族必定會從風不轉城中蜂湧而出，早餐都還沒來得及吃完的第六天魔族戰士則紛紛掄起武器，匆忙應敵。一旦戰鬥開始，人類和第四天魔族也將在不久後加入。

起初獸人戰士們面無表情，眼裡積滿了燃燒殆盡的死灰，可是，當這場癲狂舞宴進行到某一個程度的時候——

死灰再度復燃。

臉上燃燒著狂亂，那是把僅存的生命當作燃料，猶如撲火的飛蛾之人，彷彿除了永無止境的戰鬥之外，再也沒有東西可以點燃他們內心的激情。

嘶吼、吶喊、悲鳴……

那瞬間，年老的名族幾乎無法確認眼前之人是不是自己的同胞。帕思維爾被迫別開雙眼。

「究竟……這種日子要到什麼時候才能結束？」

「究竟……這場戰鬥要到什麼時候才能結束？」

在另一個地方，也有人脫口而出了與帕思維爾相同的感嘆。

風不轉城高處的露臺，俯瞰著底下戰場的海察額圖可汗，煩悶地說了一句讓人懷疑他的種族的話語。

眾所皆知，第五天魔族是這世上最熱愛戰鬥的種族，如果不吃飯就會餓死，而吃飯就不能打架的話，第五天魔族一定會選擇餓死——但結局肯定不是被殺死，因為他們會贏得戰鬥。

互毆、殺戮，是他們最受歡迎的活動。

但是就連統治這樣種族的第五天魔王，也不得不因為局勢發展而露出厭煩之態。

「怎麼了，可汗？」

「你還敢問我！折閻臺，為什麼區區一座第六天魔城，我們直到現在都還拿不下？我已經膩了，厭倦了，煩都煩死了！今天進攻，昨天也進攻，前天，還有大前天也統統都進攻了，為什麼還拿不下勝利！」

撐著頭用手指敲打著欄杆的第五天魔王，耐心已到達了極限。

——因為戰爭就是這樣。

——你眼前的是全大陸最具規模的都市，不是什麼區區的第六天魔城。

——用兵指揮都是我在煩惱，請你立刻把屁股貼回華麗的椅子上，不要給我添亂！

一瞬間，首席萬夫長折閻臺腦海中浮現了無數句類似這樣的臺詞。

但是當他開口的當下，卻是以十分溫和的口氣說道：「請有耐心一點，可汗，我們的勝利已近在咫尺。」

「少在那邊敷衍我，折閻臺，你我都很清楚，這半個月來我們的攻勢完全沒有任何進展！」

也許，可汗唯一的優點就是很誠實吧。

折閻臺嘆了口氣。

「這不就是因為……那傢伙存在的關係嗎？」

帶著鬱悶的表情，君臣兩人再度將視線轉向下方。

四支種族的戰士們，如同洶湧大海中互相衝擊的渦流，滾盪翻騰，但局面遠比想像中還要混沌。

只因為海平面的中央，出現了巨大暴風圈。

那股強大風暴只要稍稍微靠近任何陣營的勢力，原本維持勢均力敵的防線就會應聲潰散，手足無措的戰士們——特別是第五天魔族——帶著近乎絕望的表情被捲到了天上。

移動的風眼位置，是一名身披軍服外套的金髮男子。

看見他的容貌，第五天魔王就恨得咬牙切齒。

「難道沒人能夠阻止他了嗎……那個奈恩！」

「沒有辦法，他太強了。」

折閤臺只能無奈地看著他在戰場間恣意興風作浪。

「為什麼我們不能動用『阿哖』？」

「可汗，王牌只有捏在手上的時候，才能稱得上是王牌啊。」

折閤臺斷然的回答，讓第五天魔王歪頭不解。

第五天魔族是這片大陸上最令人聞風喪膽的戰鬥集團，此話不假。

即使鱗之民具有勇不畏死的狂性、嗜血好戰的天性，這卻非造就其戰無不勝的箇中原因。關鍵性的因素，仍然是風不轉城。

以至今仍無人能理解的超時代技術（換句話說，就是「那些蠢貨蜥蜴人怎麼可能研發出這種技術」之類的疑問），憑藉搭載的百座「魔源速射火砲」，對戰場進行無差別砲擊，才是使各國軍隊難攖其鋒的實際理由。

狂轟濫炸後才出動的迅猛龍遊騎兵或者步兵團，充其量不過是在收割潰敗的敵人而已。

而其中，風不轉城最恐怖的武器，堪稱第五天魔族的絕對必勝戰策，那就是能一發擊毀一座城池，令人聞風喪膽的主砲——阿哞。

「不管怎麼說，絕對不能草率動用阿哞。」

「為什麼啊！」

「大砲一用，這場戰鬥很快就會結束了。」

「所以說，我才問你為什麼不用……折閻臺愛卿，你倒是說點能讓人接受的理由啊！」

海察額圖可汗一頭霧水，卻未得到折閻臺的解答。

一來是折閻臺認為以魔王單純的腦袋恐怕無法理解，二來則是他也已經陷入了自己的思考之中。

奈恩……你果然知道嗎？關於阿哞無法連射的這件事……

想起阿哞發射一次所需耗費的代價，折閻臺就感到萬分無力。除了忽圖倫以外，經過「祈禱」的巫女們幾乎全是被人抬出去的。

赤鱗蜥蜴人望著戰場中央那如入無人之境的雙翼「古代種」獸人，額頭上稍稍微滲出了汗水。

阿哞只在折閻臺授意下發射過一次，在奈恩擊潰己方兩名萬夫長之際，以一發轟擊摧毀第六天魔城四分之一的區域遏止對方的士氣，逆轉了頹勢。

在那之後，折閤臺也曾經克服了想要保存魔城完好的私心，準備再次發射主砲，但當他看到奈恩緊接著排布的用兵策略之後，便火速收回了命令。

奈恩沒有讓魔法師上前線架設防護盾，而是讓精銳戰士避開主砲的軌跡，看來他是打算即便犧牲城市也要實施計畫。

折閤臺嚥了嚥口水。

可是，他分明是確信阿吽沒辦法連續射擊。沒錯，發射阿吽之後，反而是風不轉城最脆弱的時候，因為沒辦法再用其他魔砲。看他那樣子，難不成是想要登城？要是有人說想要攻破風不轉城，一定會被別人當作是神經病，但如果是那個奈恩，說不定真有可能。

那是久戰戰士的直覺。

少了魔砲防禦，風不轉城和普通的城塞沒什麼兩樣，頂多是高了點。如果是精挑細選的勇士，確實有可能突破。我們引以為傲的制空權在那個人的眼裡根本沒什麼用途，再怎麼說，自帶翅膀也太犯規了吧？

但是沒有時間忿忿不平了，折閤臺對於自己必須守住的事物有著非常明確的目標。

「風不轉城絕對不能被攻破。」

「啊？折閤臺你在說什麼？」

「啊！沒事，我只是在自言自語，可汗……」

不經意把心底話說出來的折閤臺羞愧地燒紅了臉，但是因為鱗片的顏色所以很難看得出來。

風不轉城，不敗的城塞，在這場戰爭裡給了第五天魔族太大的負擔。

「說起來，從八百年前颶風可汗建造這座城池以來，我們可是一次敗仗都沒吃過啊！」

「就是因為這樣，所以才煩惱啊！」

「咦？」

「不，沒事……」

折閤臺認為現在的第五天魔族絕對不是什麼強大的種族。

「戰無不勝」可以說是一種強大嗎？當然不是，只有只看到表面的人才會這麼想。真正的強韌，是必須既能夠戰勝對手，也能夠面對失敗，擁有處理敗戰的因應能力才能算數。

沒有體驗過失敗，爬得越高，摔得越重，將來只會一蹶不振。

光從上次奈恩同時擊敗兩名萬夫長，帶給鱗之民的衝擊之深就知道了，他們的精神層面其實脆弱得可怕，嚇得折闍臺心臟都差點停了下來。不，萬夫長倒是還好，只要折闍臺還沒有戰敗，人民的希望就不會丟失。

但是風不轉城不同。

可惡的奈恩……打算這樣子逼迫我們嗎？這是場絕對划不來的交易啊！

說到底雙方都是一族戰略的頭腦，折闍臺不可能沒察覺奈恩想要的是什麼。

「你不發射主砲，我就不進攻，這樣雙方都能保住自己的城池。勝負……就留給地面戰來決定吧！」

耳際，折闍臺彷彿可以聽見奈恩虛幻的言語。

在這場多方大混戰之中，擁有最強大武器的第五天魔族，如今可以說是必須把自己的右手封印起來，光靠一隻手和其他敵人纏鬥，奈恩想要的正是把一切都拖入泥淖般的混戰局面。

現在表面上是人類和第四、第五天魔族合力圍攻第六天魔族，但是只要有機會，其他兩族可是很樂意隨時從背後反咬我們一口！一旦落入持久戰，這事發生的機率比走在路上看到兩個鱗之民打架還要高……

主因還是雙方主城性質的差異。

相較於移動戰爭要塞風不轉城，第六天魔城不管是食物、水、藥品……等各項資源都更加充裕。目前的發展，對於第五天魔族來說幾乎是慢性死亡。

必須要打破這個僵局不可……

可是，該如何打破？向來足智多謀的萬夫長也無計可施，懊惱地握緊了雙拳。

太陽沿著山脊慢慢探出了頭，原本披覆山巒的矇矓晨嵐，像是新娘的面紗一樣被掀了起來，露出底下森林碧嫩蒼翠的嬌豔面容。

「哇，是太陽公公耶，太陽公公！」

白聆指著爬升的太陽，抓住惠恩的手腕，眼裡閃閃發光，興奮之情溢於言表，弄得馬車廂內吵吵鬧鬧。

「拜託……白聆大人，一大清早的，不要那麼吵……」

「啊，對不起。可是……」

「呵呵，帕思莉亞老闆，妳就別對白聆老闆太嚴厲了，能夠再次看見太陽不是很值得讓人高興嗎？就連姐姐也有點感動了呢！」

「唔……」

悠閒地坐在車後方欣賞晨景的彌亞出聲緩頰，兔耳少女聽罷也只好改口：「是這麼說沒錯啦……」

畢竟他們剛經歷了那樣一段冒險，獅耳女郎的話的確也沒有說錯。

這是離開第一天魔境之後的第一個早晨。

告別了沉浸在遠古魔法之中、終年被不動的夜幕星空籠罩的奇妙領域，能夠再次感受到陽光和色彩，對所有人來說都是深刻的回憶。尤其是彌亞，死裡逃生更是讓人五味雜陳。

「說起來，是笨兔子妳不對吧，太陽都曬屁股了還敢賴床？」

「嗚……人家本來就是低血壓啊！」

遭受坐在馬夫席上的雪琳訓斥，兔耳少女縱然想要反駁，氣勢卻弱了不少，只好摀起雙耳來個置之不理。看她這副模樣，白聆不禁想起了分離了好些日子的摯友。

微風、鬥嘴、微微顛簸的道路，搖搖晃晃的馬車發出帶有節奏的嘎吱聲響，悠然地行駛於廣袤的平原。

不再有和時間賽跑的壓力，放下心中大石，任憑陽光拂灑在身上捎來的柔柔暖意，一派和平的氣息，使得所有人都放鬆了神經。

「喂，笨兔子。」

「怎樣啦？」

「我們接下來該往哪裡去啊？」

在暖烘烘毛毯中重新打盹的帕思莉亞睜開了一隻眼。

「……不就跟來的時候一樣，走原路回去嗎？」

他們先前在魔城內主要只討論了該如何突破國境，對於回程倒是沒有多做規劃。

說起來有點慚愧，但當時帕思莉亞也沒把握真的能在死境內求得第二天魔王伸出援手。如今他們能夠安然歸返，或許是阿爾洛諦絲的庇佑。

「按照這個速度來看，糧食和水說不定會有些不足。」

雪琳聳了聳肩，說：「要是每天多跑一點路，或許可以趕在糧食消耗完之前回到魔城，但是這樣馬兒會很辛苦。」

「那就讓馬兒辛苦一點吧！」

帕思莉亞想也不想立刻下了結論。

「妳不用負責駕車才會這樣講，馬兒拉那麼重的車子還要被迫增加行進距離是很吃力的，應該能夠找個地方補給一下吧？」

「這附近最近的貿易據點就是穆斯多了。」

「不行，絕對不能靠近穆斯多。惠恩大人，我之前也說過，那裡有很多名族的眼線，進到城裡我們的行蹤一下子就會洩漏出去了。」

此時，原本在告誡白聆盯著太陽會傷害眼睛的彌亞轉過頭來插入了對話。

「帕思莉亞老闆，咱們真的不考慮繞進穆斯多嗎？」

「彌亞小姐，我剛剛就說了，那座城市……」

「不是這樣的，帕思莉亞老闆。」

彌亞搖了搖頭。

「咱們出關的時候確實是怕名族從中作梗，所以繞了點路，但是現在情況不同了，姐姐的身體狀況已經復原，那就完全沒有理由再繼續忌憚那些傢伙了吧！」

「但是……」

「況且，名族有眼線，難道咱們就沒有伙伴嗎？姐姐在穆斯多也有很多值得信賴的朋友，甚至可以幫咱們用比平常更快的速度返抵魔城。」

獅耳女郎露出一抹冷酷的淺笑。

「反正遲早都要讓他們知道，早個一天兩天又有什麼區別？與其遮遮掩掩，還不如挺起胸膛，堂堂正正從他們家門口經過，讓那些鼠輩夾著尾巴躲回自己的地洞裡頭發抖！」

「妳這樣說……名族之中也有根本不是老鼠形態的吧！這不是重點，我不想讓名族掌握我們的資訊，尤其是惠恩大人還在未經元老院許可的情形下偷偷溜出魔境，這事後追查起來可是沒完沒了。」

「彌亞小姐的意見……很合我的胃口喔！」

「呃啊啊！雪琳妳安靜！真是的，彌亞小姐，虧我還對妳的智力抱持充足的信賴耶，怎麼會變得跟那隻戰士母牛同一個水準啊？」

「嗯哼，妳是對我有什麼不滿嗎，帕思莉亞？」

「好了好了，妳們別吵了……嗯，那是什麼？」

一往如常的拌嘴，一往如常惠恩又得要跳進來充當和事佬，但就在他一往如常地露出苦笑之際，忽然察覺到了天空中不尋常的變化。

「黑煙？」

「什麼燒起來了，森林大火嗎？」

雪琳和帕思莉亞接續著問道。

「不，不是那個方向……這個方向……」

彌亞瞇起了雙眼。

「是穆斯多！」

「妳說什麼，彌亞小姐？」

「是不是哪裡搞錯了？」

「不、不會錯的……天啊，這個煙霧……」

獅耳女郎的雙眼錯愕地睜大。

一條寬廣的漆黑裙帶，從遠方直將飄過來，宛如惡魔般張牙舞爪，那是一株恣意生長出來，肆無忌憚地汙染了整片天空的歪扭巨樹。

被不祥的預感所包覆，惠恩感到背脊微微發冷。

「我們過去看看吧，雪琳，掉頭！」

聽到惠恩的決定，雪琳二話不說，扯起韁繩讓馬轉了方向。

就連一直主張不要靠近邊境城市的帕思莉亞也緊咬住下唇，不知不覺間，和同樣被緊張的氣氛擄獲住的白聆靠在了一起。

眾人懷著忐忑不安的心思，沿著大道跑向濃煙巨木的根部，接著，目睹了令人難以置信的真實。

城市……不，到底那個還能稱得上是「城市」嗎？

不如說是曾經名為「穆斯多」的偉大事物遺留下來的殘骸還比較貼切。

放眼望去，找不到任何一棟保存完整形體的建築物。殘垣斷壁之間，濃煙不斷飄起，劈啪作響的火焰一口一口地將這座宏偉大城所剩不多的殘餘緩慢吞噬。

「太殘忍了……」

「到、到底發生了什麼事？」

曾經造訪穆斯多的帕思莉亞和彌亞，一者忍不住摀住了嘴，另一者則是臉色蒼白，渾身顫抖。

惠恩、雪琳和白聆雖然從來未曾來過穆斯多，然而眼前這番景象仍教他們怵目驚心。

「得找、找看看有沒有生還者。」

惠恩強忍住當場暈過去的衝動，勉強擠出了話語。

雪琳卻是搖了搖頭。

「不，這種情況下，根本不可能有人活下來吧！調查一下有沒有相關的線索，沒辦法跟上來的傢伙就不要跟過來了。」

或許是在身為戰士的期間便已見慣了慘痛的傷亡，銀髮勇者是此刻唯一能保持鎮定的存在。她讓無法適應的同伴先回到馬車上，打算孤身一人前往廢墟，然而惠恩和彌亞也在隨後跟了上來。

「怎麼可能，居然把一座大城搞成這副模樣？」

「姐姐完全沒有辦法想像，這裡可是穆斯多啊！」

藍髮魔王和獅耳女郎互相攙扶，跌跌撞撞地走在城市深處。

死肅寂靜，飛舞著焦灰的混濁空氣，在灰燼、殘屑與裸露的地基之間，三人腳下的石板路徹底融化，都快看不出本來的面貌。

與其說是燒燬、破壞，穆斯多更像是整個憑空蒸發了一樣。

眼角瞥見散落在房間中的肢體碎塊，惠恩和彌亞都別過頭去不敢多看一眼。確實如同雪琳所言，這種情況下根本不會有人倖免於難。

板著一張臉，雪琳仔細地在一片瘡痍中搜索檢視。

「這裡是通渡所……」

來到一處占地格外寬闊的遺址，彌亞望著高度只到腳踝的黑色殘壁，神色複雜地喃喃搖頭。

「通渡所是處理出入境的官方機構，想要通過天幕的商人或是旅客就是在這裡排隊，等輪到自己的時候穿過那條線……姐姐的朋友就是在對面開店……」

放眼望去，通渡所的對面，已化為一片什麼東西都沒剩下來的不毛空地。不管彌亞的朋友開的是什麼店，都將只能留在回憶之中憑弔了。

彌亞露出難過的表情。

這時，雪琳回來了。

雖然絲毫讓人愉快不起來，但銀髮少女似乎帶回了一點收穫。

三人都巴不得早一刻遠離這處恐怖的地方，於是匆匆地離開了。

「惠恩大人，我可以坐在這裡嗎？」

「啊，請便，白聆小姐。」

日正當中，在距離穆斯多好幾百肘，偏離大道的一處空地旁，一行人攤開了墊布，準備午餐。

即使刻意遠離，更拖了好一段時間，眾人還是沒有心情吃飯。

腦海中揮之不去的悲慘景象令人食不下嚥，就連在做餐點的人也是如此。惠恩無精打采地生起火堆，草草組合了食材，幾份夾著肉乾的三明治，就這樣進了大家的肚子裡，這頓飯一點也感受不到以往的開朗氣息。

身處垂頭喪氣的伙伴們之間，白聆顯得坐立難安。

雖然前面那座大城（比伊特的魔城還要大）的樣子十分駭人，但惠恩等人的心情會如此低迴，似乎別有原因。

雖然不知道能做些什麼，她還是希望能幫得上忙。

「惠恩大人，那些人怎麼了？」

「他們……都死了。」

惠恩搖了搖頭，不太願意回想方才所見到的一切。

「死……死了之後，什麼時候會再站起來呢？」

「不，不會的，白聆小姐，死去的人永遠也不可能繼續活動了。」

白聆嚇了一跳。

外面的世界和第一天魔境的不死族，是不一樣的嗎？

晃了晃淺藍色的頭髮，白聆發現自己的心裡充斥著混亂。

在外界，一旦人們死掉了，難道就得一直沉睡在那裡，再也沒辦法起身嗎？

「各位，聽我說，我在穆斯多的遺跡裡發現了一些東西。」

雪琳將冷硬的麵包囫圇啃完，開始向其他人說起自己的發現。

「……所以雪琳妳的意思是，有別人進去過遺跡裡面？」

「沒錯，跟我們一樣，是在城市毀滅後才進入探查。」

接續在惠恩的提問之後，銀髮勇者點了點頭又說：

「腳印不只一種……其中是一種是三趾的形態，從痕跡的磨損程度來看，大概是在一個星期以前。」

「大陸上唯一符合這種特徵的種族，應該就只有一種……鱗之民。這麼說來，難道是風、風不轉城嗎？」

就連在想說出那座戰爭要塞的名字時，帕思莉亞都還是得花上好一番力氣。

「原來如此。」

不同於露出畏縮模樣的兔耳少女，獅耳女郎咬牙切齒，生氣地搥了大腿一拳。

「這樣解釋就合理了，第五天魔族是一群走到哪裡破壞到哪裡的惹人厭混帳，這些傢伙終於也把魔爪伸向咱們的國家了嗎？真是不可饒恕！」

「還有一件更值得注意的事情。關於那個通渡所，我們去調查的時候，那個地方的上方什麼也沒有。」

「被毀滅成這樣當然什麼也沒有。等等，妳是說……」

話說到一半，帕思莉亞像是領略到了什麼。銀髮少女點了點頭。

「不可能啊，那裡應該要有……」

帕思莉亞話說到一半，自顧自地臉色發白了起來。

「有什麼？」

「別賣關子啊，帕思莉亞老闆。」

惠恩和彌亞著急地催促兔耳少女。

帕思莉亞緩了一口氣，以顫抖的雙瞳面向他們說道：「要有著天幕啊，惠恩大人、彌亞小姐！」

兩人「啊」了一聲會意過來，隨即陷入了更巨大的混亂。

遮蔽、阻擋、劃定出第六天魔境範圍、飄浮在半空中的神祕魔法護罩，照理說應該出現在邊境，但是……

「確實，當時什麼也沒有看到……」

惠恩、彌亞面面相覷，不安地印證了銀髮少女的話語。

「天幕是保護第六天魔族最重要的屏障對吧，萬一天幕消失了……」

雪琳的話並未說完，霎時，在場的眾人均感一陣毛骨悚然。

腦海中，浮現起一座巍峨城市籠罩在火海中的恐怖景象。

「第五天魔族……將會繼續往前踏進，最終的目標必是第六天魔城！」

確信心中的恐懼必然成真，兔耳少女一邊發著抖一邊細喃。

「——各位。」

惠恩的聲音將沉浸在惶恐之中的眾人拉回了現實。

在眾人的目光集中之處，藍髮魔王倏地站了起來。

「不能夠再拖延下去了，我們得立刻趕回魔城。」

喘了一口氣，他再次以迫切的語氣開口：「我們在這裡討論的時候，敵人或許仍在一步步逼近我們的家園。國家遭逢危難之刻，我們絕對不能讓穆斯多的慘劇再次上演。」

局勢刻不容緩。

「這是當然。姐姐也擔心城內伙伴們現在的情形啊！」

「帕思莉亞也有家人……」

「看什麼？我們不都已經是伙伴了嗎，當然要算我一份啊！」

銀髮少女抱起了胸，一副「這就不用多問了吧」的表情，半閉著一隻眼嘖嘖搖頭。

「我、我也要跟著你們一起去！」

「白聆小姐……」

讓惠恩露出煩惱表情的，是固執地毫不退讓的第一天魔王。

「我答應過伊特大人要保護妳的安危，可是……第六天魔城現在恐怕是非常危險的地方……」

「惠恩大人要把我拋下不管嗎？」

「絕非如此！可是……」

白聆睜著水汪汪的大眼睛，就是這波攻勢讓惠恩差點無法招架。

「我也想幫上各位的忙！雖然我對外界的事情還不是那麼了解，但……但……」

揣揣不安的白聆幾度欲言又止，可是，這個時候不講的話……

不管了，就豁出去了！

「難、難道我和大家不是伙伴嗎？遇到困難的時候，我也想和大家在一起啊，就、就跟雪琳小姐一樣。」

「噢噢！」

「她都這麼說了喔，這下子，你要拿人家怎麼辦呢？」雪琳看好戲般地對著惠恩搖搖手指頭。

「說得真好啊，姐姐要對妳刮目相看了。」彌亞直率地點頭稱讚。

「妳、妳們……」

「妳、妳們……」

惠恩與白聆的聲音同時間響了起來，只不過，情緒不同。

藍髮魔王望著正感動不已的另一名藍髮魔王，哭笑不得地嘆了口氣。

「妳們……是串通好的嗎？」

「怎麼會呢，帕思莉亞只是覺得離開了我們，白聆大人也不知道該往哪裡去吧？」

該說是狡猾呢，還是堂堂正正？兔耳少女提出了讓人無法反駁的正論。

「多一個人就多一份力啊！」獅耳女郎隨即附和。

惠恩最後望向的銀髮少女則是聳了聳肩，說她不知道。

「本來我是想在中途找個合適的地方安置白聆小姐，但……既然都說到這個分上了，好吧。」

惠恩閉上雙眼，認輸似地開口：

「我們就一起到第六天魔城去吧！」

「萬……噢！」

差點歡呼出來的帕思莉亞和白聆，遭到雪琳和彌亞的一個眼神制止。

好險、好險。

確實，現在可不是什麼值得高聲慶賀的時刻啊！兩人摸了摸鼻子，趕緊加入收拾東西的行列。

但在嘴角偷偷掛起的笑容，還是流露出了真實的心聲。

而且，可不是只有她們如此。

在場的人們全部懷抱著同樣的想法，而惠恩也擁有同樣的確信。

心中，盈滿了感激之情。

在這個險峻的時刻，沒有人拋下其他人，而是攜手共渡挑戰險阻。

我們還在一起。

——伙伴。

就算前方的路上的敵人再強大又如何，只要大家同心協力，一定沒有無法突破的難關。

Unemployed Heroine and Devil's Guard

ch.6 第三天魔王的不變理論

時近黃昏，棗紅色的天空下，帕思維爾正打算前往戰時的臨時指揮所。

所在地點位於由當日風不轉城主砲阿吽轟出來的深溝，整體來說，也是魔城防禦最薄弱的地方，奈恩將最精銳的戰士們駐紮於此。

走入巷子深處，人們就著半毀的房屋搭起了帳篷和木板構造的遮蔽所，在最遠端則是由用木料和金屬克難拼湊起來的防禦工事。

一路上，忙碌的士兵與他擦肩而過，有人正要到前線接替衛哨，有人輸送糧食與修復完畢的武裝，有人則根本不知道為什麼而行色匆匆。無論是吆喝、呼喊還是保持沉默，每個人的臉上都有著不同的神情。

似乎沒有任何人注意到元老院的前任主席，位高權重的大名族就像隨處可見的普通人般被大家忽視。

不過，這樣也好，反正這些都不重要。

眾生平等——這是帕思維爾在這幾天領悟出來的道理。

管你是名族、戰士，還是平民百姓，命都只有一條而已。

但等他到達指揮所時，裡面的士兵竟說奈恩不在，人到醫院裡去了。

「傷、傷兵急救站嗎？」

帕思維爾的臉色一下子發青。

「真糟糕啊，偏偏是那個地方……」

被稱作「醫院」的地方距離指揮所不遠，對帕思維爾而言卻是條讓腳步益發沉重的一段路。

他的職責不容許臨陣脫逃，可是越是靠近，血的氣味便重得再也逃不開來。他打著哆嗦，轉頭不去注意傷兵破碎的肢體、耳際縈繞的呻吟聲，慌亂地搜尋奈恩的位置。

直到看見那件在一叢裹著繃帶的傷軀中格外顯眼的黑色軍服，帕思維爾終於鬆了一口氣。

「奈恩大人。」

「喔，是帕思維爾大人？」

奈恩坐在一大群傷兵中間，一名虎耳女戰士正拿藥膏細心地替他塗抹傷口。

他其實根本沒受多少傷，後勤兵花在打理他軍服外套的時間或許比他本人還要多。

帕思維爾看過他所有的戰鬥，所以十分清楚，每當奈恩隻身一人衝入敵陣時，總能精準地避開所有向他斫來的刀劍。他的翅膀提供了他在三度空間裡做出無數不可能的挪移的能力。

或許，他只是想要多和戰士們相處而已，不管什麼時候，他都想要讓人們看得到。

兔耳老人注意到奈恩在場之時，戰士們即使滿身瘡痍，也會加倍努力地忍耐疼痛。

奈恩揮揮手，示意手下退開。他站起身，逕直走向設置在最後面的小房間。他的一步都讓帕思維爾必須小跑三步才趕得上，兔耳老人在這時候忍不住在心裡怨嘆形態差異導致的不平等。

「無事不登三寶殿，你有何來意就說吧！」

帕思維爾深吸了一口氣，今天，他身負重任。

現在，最困難的考驗就要開始了。

「大人，我今天是來代表名族提出請求——我們已經盡全力加快從後方輸送糧食的速度，但還是無法完全滿足軍隊的需求，請再給我們一點時間。」

帕思維爾口若懸河，使勁渾身解數鼓動如簧之舌。

「另外，我已吩咐名族的藥劑師趕製藥品，分發給上次砲擊的受災戶，可是目前我們和其他區域的貿易中斷，原物料匱乏，城中的存量支撐不了多久。」

「帕思維爾……」

「最後，還要確保水源……」

「帕思維爾，你是不是有哪裡搞錯了？」

小房間內，奈恩轉身面向帕思維爾，名族老人中止了說明，不知道自己哪裡惹了對方不快。

「你的職責不就是保證所有問題都能處理妥當嗎？不要拿這種小事浪費我的時間。」

金髮魔將雙手抱胸，他不必昂頭，就已經帶來足夠強烈的壓迫感。

「可、可是……」

這可不是什麼「小事」啊！

帕思維爾搖搖晃晃，縮著身子，看起來更形矮小了。

「奈恩大人，您近期對名族下達的補給要求令，實在讓我們難以負荷，為了滿足您的要求，我們焦頭爛額……」

帕思維爾苦著一張臉，手指頭纏在一起扭來扭去。

「有什麼意見就說出來，帕斯維爾，身為獸人，不該出現如此扭捏醜態。」

「請您……稍微寬限一下……」

不然我們就一翻兩瞪眼，集體罷工不幹了！帕思維爾拍著桌子，氣勢洶洶地朝奈恩大喊——當然是在想像之中。

「咕姆姆姆……」

「你說什麼？」

「什、什麼也沒有。」

帕思維爾急忙像波浪鼓一樣拚命搖頭。

「連這種簡單的工作都無法做到，別跟我說名族就是如此無能。」

「奈恩大人，雖然我們的確從前代起便一直負責後勤補給，也在魔王不在的期間維持國家內政，但如今根本不能和以往相提並論啊！」

帕思維爾抹著額頭上的汗水，試著讓奈恩了解狀況。

在過去，第六天魔境從來不曾成為敵人針對的目標，就算天幕是在近代才出現，但歷代第六天魔王皆非弱者，與人類的戰爭也一直在人族的地盤上進行，名族們自然能高枕無憂地在後方籌措資源。

這一次，三支種族大軍一齊打到家門口，實在是讓人慌了手腳。更可怕的是，獸人族第一次體驗到風不轉城的威力，被轟開的大門將驕傲種族的脆弱全部暴露在外。

「有很多遭受破壞區域的人民在等待安置，需要住所、食物……種種燃眉之急都有待解決，與此同時還要提供前線作戰的資源，我們實在是竭盡了全力。」

帕思維爾這番話毫無虛假，連他自己也感到有些意外。

若是半個月以前的他，還在汲汲營營盤算著怎樣從貧民窟人民身上榨取出更多利益，但突如其來的災禍讓一切全都變卦。

從前覬覦的土地，一夕之間灰飛煙滅，半點也沒剩下來，也沒有人能夠說出「太好了，這樣就方便多了」這種話。

僥倖存活、卻也不幸地失去一切的人們，在一片斷垣殘壁中號哭，這樣的景象，不可能是屬於任何人的禮物。

帕思維爾也是在那時候知道自己的內心尚未完全死去。他以最快的速度動員元老院的力量前往救援——在此同時，奈恩則掌握了在城內的浪人們，會合正規守軍出城迎敵。

這段期間，帕思維爾花了很多心力幫助那些難民，他提供自己的屋舍充當庇護所，其他名族也送來了物資，儘管這樣還是不夠。

……如果死去的人需要弔慰，那麼活著的人肯定需要更多東西。

或許吃得多就能填飽肚子，給一張床就能睡得著覺，但是傷口呢？那些心靈上的創傷又該如何加以癒合？

帕思維爾沒有答案。

就算是元老院公認最博學多聞、最睿智的大名族，在那天夜裡，聽著同胞們的哭聲徹夜呼喚了阿爾洛諦絲女神的名字上百次，唯獨這個問題，依舊遲遲無法獲得解答。

然而奈恩說道：「那與我無關。沒有時間等待那些掉隊的傢伙了。」

他微微抬高了下頷，搖晃金色的頭髮，傳出冷酷的聲音。

「勝利近在眼前，只需要伸手就能將之奪回，我不會讓任何人找藉口加以妨礙，也不可能為了弱者分心。一天之內，帕思維爾，我要你在一天之內讓前線的物資到齊。」

「這、這怎麼可能……」

「你剛剛說元老院設置了安頓難民的庇護所吧？就把那些預計要運過去的物資拿過來用。」

「怎麼可以！」

帕思維爾情不自禁地喊了出來。

「那些難民也是我們的同胞，如果現在奪走了他們的水跟糧食，他們不可能撐下去！」

「為了延續衰弱者的性命，削減了分配給強者的資源，結果就是在三面強敵的環伺下慢性自殺。你覺得這個結果比較好嗎？」

「不……我不是這個意思，可是……」

「眼界不要太狹隘了，帕思維爾，就連蜥蜴也知道要斷尾求生。我不會指責你對那些人施捨的憐憫，但你仍要認清事實——他們正是一點一滴拖垮第六天魔族的負累。治療完的傷兵至少能重新在戰場上發揮作用，但那些躺在病床上的傢伙連傷兵都不如。繼續婦人之仁，就只會讓膿瘡不斷擴大。」

帕思維爾低下頭來。

「這太殘忍了。」

「這不是殘忍，而是為了獲得勝利所必須的犧牲。」

奈恩絲毫感受不到帕思維爾的動搖。

「我所考慮的是第六天魔族的整體、是全族的未來，那些難民為此而死，難道不是件光榮的事？為了那些被風不轉城迫害的同胞，我們真正該做的，正是全力拿下這場勝利。」

「萬一我們做出了那麼多的犧牲，最終還是失敗……」

「放心，帕思維爾，勝利最終一定屬於第六天魔族，我可不是在說漂亮話。你還不知道吧，風不轉城已經不能再繼續使用阿哞了。」

聽聞魔將胸有成竹的發言，帕思維爾詫異地張口結舌。

「您怎麼知道？」

「這是祕密……」

奈恩神祕地揚起了嘴角。

但沒過多久，他又恢復了平時的冷酷。

「閒話到此為止，我還有事情要忙。帕思維爾，你只要乖乖按照我的話去做就可以了，不需要自作主張。」

「是、是的。」

魔將的聲音裡隱藏著不可質疑的威嚴，帕思維爾知道奈恩絕對不會改變心意。無論他的心裡有多不好受，卻總是無法忤逆這個人。

因為對方是比自己還要優秀的「古代種」。

只是身為「名族種」的自己，豈能妄議那位大人的深謀遠慮？

兔耳老人腦海中不斷盤旋著類似這樣的聲音。

拖著沉重的腳步，帕思維爾帶著無法掩飾的失望，一臉哭喪地離開了。

他今天大概會睡不好覺吧，但明天照樣將懷著強烈的內疚，遵奉奈恩的命令。

心神不寧的帕思維爾，因此沒有注意到那個隱身在暗處的存在。

黑暗中慢慢睜開的雙眼，伴隨著妖豔而甜膩的嗓音響起，四周逐漸結起了一層薄薄的冰霜。

「帕思維爾啊帕思維爾，年輕人就是這麼多愁善感！」

……這片大陸上，還有辦法稱呼帕思維爾「年輕人」的，恐怕屈指可數吧！雖然對方在第六天魔族中已經是年高德劭的長者，但在她眼中，無疑跟小孩子沒什麼不同。

房內不知何時出現了大片霧影，其間若隱若現地透出了一具屬於女子的形影。

奈恩轉過身面向聲音的來源。

「妳來遲了，我不喜歡別人遲到。」

「呼呼呼……何必如此斤斤計較？反正你的生命河水流得比任何人都還要長，還有那麼多時間可以揮霍，急躁可不是件好事呢！」

霧氣蔓延，像是有生命似地蠕動，挑逗著攀上了魔將的肢體，甚至還想鑽進他的衣袖、褲管。

「夠了。」

奈恩不耐煩地一揮，霧氣驚慌逃散。

「別這麼禁不起玩笑嘛，奈恩。」

被驅散開來的薄霧凝結成形，來者發出戲謔的笑聲，現出令人神魂顛倒的面容。而包覆在霧氣底下的，是幾近一絲不掛的完美胴體。

第三天魔王青葉到來。

「我先聲明，我可不是遲來喔，是恰好帕思維爾那孩子也在，我才稍微讓了他一下。奈恩唷，雖然你為了這場戰爭廢寢忘食，下了那麼多苦心，但是你的同胞好像還是缺乏了那麼一點信心啊！」

青葉以捉弄的語氣故意挑釁，金髮魔將緊咬的牙齒，說明了內心的忿忿不平。

「哼，一群毫無遠見的傢伙！才幾年而已，為什麼第六天魔族竟然已經墮落到這種地步？從上到下，人人貪生怕死，畏懼犧牲，只顧自己，還學會質疑領導者，無人能真心為我效命。」

他一甩衣袖。

「從前，只要魔王一聲令下，所有將士都會誓死完成任務，而現在……難道是太過沉溺於安逸了嗎？若是那些自以為優越的區區『名族種』倒也就罷，我甚至還從『戰士種』口中聽過懷憂喪志的話。這些人根本完全失去了身為獸人的驕傲。」

「好了，別生氣了，奈恩，你要站在他們的角度體諒他們啊！」

青葉飄了過去，將雙手搭在他的肩上說著：

「那正是短命的孩子們弱小、低下、無知的證明。他們太容易產生變化、動搖，是以缺乏堅強的決心。只有像我們這樣強大而長壽的存在，才可擁有恆久堅持正確意志的力量——不變等同於強大，他們根本就無法理解。

「即使同族再愚昧，身為領導者的我們依然會愛著他們、保護他們，這是一族頂點的責任。前代不也是這樣嗎？」

一提起最景仰的前代第六天魔王，奈恩的狂躁稍微緩解了下來。

「……我明白了。」

青葉見狀笑了笑。

「你明白就好。那麼，來進入正題吧，這是說好的偵查報告。」

她將一疊摺好的紙交給奈恩。

資料以特殊的墨水書寫，只要奈恩打開來用手指掃過一遍，馬上就能對上面的記載一清二楚。

「哈，貴為第三天魔王居然紆尊降貴為我們收集情報，實在不勝惶恐。」

「呼呼，不必這麼客氣，小奈恩，我們不是背靠著背的盟友嗎？互相幫忙也是應該的。需不需要我再從北方調派幾個第三天魔族來替你打下手呀？」

雖然說是背靠著背，以現在的情形看起來，該說是胸貼著背還比較恰當一點。

青葉伏在奈恩的耳旁，一邊吹著氣，一邊用魅惑的聲音呢喃。

金髮魔將聳了聳肩，巧妙地把魔王逼退。

「這倒不必，這場仗我不必倚靠別人，單憑自己的力量就足以獲勝，多謝妳的好意。」

薄薄的嘴唇揚起弧度，他又說：

「不過，主要還是因為第三天魔族太弱了，要是在戰場上拖累我們，那可不太好辦。」

「你說什麼？不知好歹的臭小子──」

奈恩飛快地伸出一根手指堵在青葉的唇上。

「噓，是妳先激我的，不是嗎？這下子我們就算是扯平了。」

「哼！」

奈恩將氣憤的青葉晾在一旁，專心讀起了文件。

「就讓我看看妳為我帶來了什麼吧！」

透過四處旋繞的薄霧，燭臺的燈光折射出瑰幻的稜彩。

靜謐的空間中，唯有魔將輕柔翻過皮紙時傳出沙沙的聲響。

不久，撇下了第一張紙的奈恩露出了笑容。

「人類……這群弱小的種族敢參與這場戰爭，無異是以卵擊石。少了勇者，他們拿什麼跟任何一支魔族抗衡?」

下一張。

「看來第四天魔族想保存實力,在最後關頭漁翁得利。只可惜這種跟懦夫沒兩樣的行為,到頭來只會害慘自己。神樹王犯下的最大錯誤,就是低估了第六天魔族……不,乾脆就說是低估了我吧!」

再下一張。

「最後……第五天魔族維持了八百多年的不敗戰績,有可能到今天為止,一定焦急地想結束這場戰爭吧?我很快就會達成他們的願望。」

金髮魔將咂了咂嘴,發出嘲弄的聲音。

「話說回來,青葉大人果然不可小覷,居然連風不轉城主砲的祕密都能刺探得到。」

「那是當然。當初帶領颶風可汗找到那個地方的我,可是世上最早見過那份設計圖的其中一人啊。」

奈恩笑了笑,滿意地收起了這些資料。

或許稍晚一點,他會將情報再交給屬下的參謀,但絕大多數的戰策早在獲得情報的當下就已經在他腦海裡擬訂完成。

論戰爭的天分，這個國家裡沒有任何一個人及得上他，或許這就是在「形態」面前無法跨越的巨大鴻溝也不一定。

走到了放置著小型戰地棋盤的方桌之前，奈恩憑著記憶精準地執起了好幾枚棋子——每一只都代表著四族各自的部隊——看似隨意地擺弄了起來。

看著棋盤上的局面又是另一種形態，青葉開了口：「你已經制定好擊退三族的計畫了？」

「擊退？不，沒這回事。」

奈恩搖了搖頭。

「不只擊退，我會把他們全部殲滅。」

「——哈啊？」

猛烈地抬起頭來的青葉差點咬到自己的舌頭。

「可以不用露出這麼驚慌的表情啊，青葉大人。」

「你這傢伙，不要一副好像真的看得見別人臉色的樣子！」

奈恩看起來很享受嚇到對方的感覺。反觀青葉，則是臉色鐵青地豎起雙眉。

「從布陣的方式就可以得知，敵人已經逐漸顯露出疲態，接下來的發展隨便都可以預期。」

「所以說，是要趁敵人氣力不濟，迎頭痛擊嗎？」

「這可未必。」

金髮魔將從容地將雙手負於背後。

「第四、第五天魔族，還有人類，從他們急著調動部隊的樣子看來，糧草大概快要用完了，很可能會在近期冒險發動總攻擊。雖然我們已經竭盡全力防守，但遲早逃不過被破城的命運。」

背水一戰的敵人最是可怕。奈恩如此說道。

為了逃避山窮水盡的命運，敵人將會不顧一切地朝城市發動攻擊，不管付出任何代價都要結束戰爭。

相反地，更能拖延時間、尚留有餘地的第六天魔族，因為缺乏這種氣勢，會在短兵交接時敗下陣來。

「照這樣說，你們的情形也不容樂觀吧。」

「沒錯。但是，一旦敵軍進入城市，就將是他們的死期了。」

奈恩輕輕淺笑，向第三天魔王解釋了自己之所以敢如此篤定的理由。

「確實啊……有了這樣的計策，勝利早已是你的囊中之物了，奈恩。」

「雖是唾手可得的勝利，我也不會掉以輕心。我會即刻在城中布署。」

「呵，你這種性格，可是最讓人畏懼的可怕敵人啊！」

懸掛在壁上的燭臺灑下昏暗的燈光，在冰冷霧氣繚繞的房間裡，密謀詭計的話語盤旋，金髮魔將與最古之魔王相對而立。

聽完奈恩的計畫，青葉不得不對他在戰略上的創意和大膽感到嘆服。

「不用擔心，青葉大人，我的戰策向來只朝著敵人而用。」

「……呵呵，我當然不會擔心，我們可是盟友啊！」

愣了一拍，青葉瞇起了眼眸，朝奈恩掀起嘴角。

「那麼，我要及早去做準備，失陪了。」

奈恩說完，逕自打開房門走出了房間。

當木門帶上，第三天魔王臉上的笑容頓時完全消失。

「不妙。」

凝視薄暗的青葉悄然滑落一滴冷汗。

「我太低估奈恩的能耐了。原以為在我的協助下，他能以些微的差距打退三方聯軍。這場戰爭被我設定為『熱身戰』，但如果繼續按照他的劇本，恐怕真的會把三族的主力全都葬送在此……」

不知寒冷的雪山女妖卻猶如失溫般，下意識地摩挲起雙臂。

「絕對不能這樣，我要的可不是第六天魔族壓倒性的勝利，而是漫長連綿好幾個月、好幾年，甚至百年也不會結束的混沌。」

事態發展如同失速馬車，全速衝向懸崖，讓最古之魔王也不免為之心煩意亂。

青葉緊抿著嘴唇。

「不能讓這場大戰如此輕易地落幕，必要之時，我必須再次出手影響天秤的兩端。但……奈恩會放任我這麼做嗎？」

即使是第三天魔王也不敢想像被奈恩逮到的下場。

閉上雙眼深吸了一口氣，再次張開瞪視著虛空的眼眸中，靜靜燃燒著火焰，那是冰中之火。

是魔王內心深處難以撼搖的決斷。

「如果害怕犧牲，哪能得到想要的成果？青葉，妳不就是一路這樣走過來的嗎？」

青葉露出了猙獰的面容，像是要以此狂暴揮開內心的怯意。四處延展的迷霧猶如感應到主人的決心，猛地朝中央聚攏。

「戰火一旦掀起，就應該永無止境地持續下去。」

隱身於房內颳起的輕型雪山風暴，魔王眨眼間失去了蹤影。

燭臺熄滅，房間再次陷入了黑暗。

Unemployed Heroine and Devil's Guard

ch.7 勇者的至寶是可愛的女兒

太陽化為一團熾烈的火球墜向西方，頭頂上的天空有一半陷入了火海，但在另一半已經冷卻下來的天空中，夜風把天頂的餘燼吹開，露出了提煉出來的寶石。

星星的寶石。

是太陽留給世界的禮物。

充滿著悲嘆，就在山脈的影子拉得比它原本的高度還要更長的時候，平原上有一輛馬車歸心似箭地奔馳著。

「停！」

忽然之間，馬車的馭者收緊韁繩，兩匹駿馬抬起前腳發出嘶鳴，馬車在一片樹林前停了下來。

「不能再前進了。」

「前面怎麼了嗎？」

從車廂裡頭探出頭來的惠恩張望著問道。

「好像透出了火光。」

坐在前座的雪琳回答：「恐怕穿過這片樹林，我們就會被人發現了。大家下來吧！」

惠恩、彌亞、帕思莉亞、白聆依序爬下了馬車。

帕思莉亞把手掌放在眉毛上方，墊起腳尖朝雪琳手指的方向遠眺，卻什麼也看不到。

然而當太陽完全落下，就能清晰看見數百肘之外的平原處處亮起了火光。

「那、那些都是敵人嗎？好多啊！」

白聆脫口而出的感嘆，也是其他人心中的感想。

原本以為目標是第五天魔族和風不轉城，要避開他們應該沒有什麼困難才對（這個想法仔細探討起來，還真是毫無根據地樂觀），然而鋪在眼前的情景，完全打碎了他們的一廂情願。

這裡肯定到處都是敵人的營帳吧！想要不動聲色地從他們眼皮底下溜過，簡直就是天方夜譚。

眾人縮回樹林裡，因為怕被敵人發現，連火都不敢升。夜色降臨大地，樹林看起來像是一群張牙舞爪的魔怪，黑影叢叢，夜行性生物的叫聲從遠處傳了開來。

「這樣下去不行，什麼都看不到太危險了。」

彌亞從車上找出了一盞魔石燈，將光源調到最弱，又拿了許多樹葉蓋在燈罩上，勉強達到能看清周遭環境又不至於引起注意的程度。

眾人圍住唯一的光源，身為一行人智囊的兔耳少女率先開口。

「先整理一下狀況吧。我們現在距離魔城大約六百肘，差不多是馬車全力奔馳四分之一天的距離。」

自穆斯多來到這裡的途中，她已在腦海中模擬了一遍接下來該進行的事項，依據輕重緩急，有條不紊。

在那座遭受毀滅的城市時，帕思莉亞因為自己的膽小而無法陪同惠恩一起搜尋線索，她為此感到懊悔，認為自己至少要以這種方式幫得上惠恩的忙。

「我們必須想辦法克服最後這段路。等回到魔城，最重要的有兩件事。」

帕思莉亞豎起兩根手指。

「第一，找出天幕消失的原因；第二，會合元老院，派出軍隊禦敵……現在看起來，第二件事應該已經在進行中了吧！」

「元老院那些傢伙們也不是傻瓜，就算惠恩老闆不在，他們也不可能呆呆看著敵人進犯，坐以待斃。」

「即使如此，惠恩大人的存在還是必要的。國家遭逢大難，如果魔王不在城內，一定會給民心帶來極大的打擊。」

就算第六天魔王不再手握實權，對於民眾而言，在這種非常時刻，魔王仍然扮演著寄託希望的角色。

「就是在這種時期，所以，我更應該要陪在人民身旁。」

壓抑的語氣散入夜晚寒風，惠恩現在大概比誰都還要心急如焚吧？

帕思莉亞點了點頭。

「現在的問題是，到底要怎樣穿越這片平原呢……我們必須確認是誰擋在了我們前面。」

「說到風不轉城，那不就是第五天魔族……」

面對彌亞的提問，帕思莉亞搖了搖頭。

「原本我也以為是這樣，但我不曾聽說第五天魔族會鋪設這麼巨大的營區。根據書上記載，因為風不轉城的關係，鱗之民晚上都會回到城塞裡。」

雪琳也附和了帕思莉亞的觀點。

「肯定不是第五天魔族。我之前說過，穆斯多遺址內留下了不只一種腳印和痕跡，而且……我大概已經猜到是誰了。」

雪琳先是停頓了一會兒，然後才說：

「八成就是我的同胞了吧！」

「也就是說……人類？」

惠恩和彌亞，彼此互看了一眼，面面相覷。

只有兔耳少女像是早就預料到了，蒼白的臉孔緊抵細細的薄唇。

「長年以來一直和我族水火不容的人類，果然也來了嗎？這樣情況又變得更複雜了，說不定連其他種族也一併入侵了啊……」

帕思莉亞不知道的是，她的猜測精準地命中了現實。

儘管如此也只是徒增煩惱，絲毫不值得高興。

攔阻於眼前的困境，唯獨令兔耳少女的心情增添更多苦悶色彩。

——該怎麼辦？

她一語不發，握緊了放在膝上的雙拳，悄悄冒出汗水。

必須……稱職地輔佐惠恩大人……

她不斷地思索，腦海中盤旋著責任，卻苦於拿不出實際可行的方案。

如果這麼做……不行，太危險了；要是那樣……根本不切實際……啊啊！

絞盡腦汁想出的無數方案都充滿缺陷，思考陷入了漩渦。

再這樣下去不行……幫不上惠恩大人的忙的自己，豈不是一無是處？

多餘的念頭令身體變得緊繃。焦急、憂慮的思緒轉化為漆黑濃濁的瘴氣，腐蝕著正常思考的頭腦。

沉重的責任感壓垮雙肩，呼吸逐漸困難，口舌僵硬，四肢凝滯，連掙扎的力氣也快要沒有。

就在帕思莉亞感覺即將沉入黑暗的深淵時，某個人在她肩膀上一拍，將縛住身體的鎖鍊完全粉碎。

「妳呀，就別再鑽那些牛角尖了。」

光線再度透了進來，帕思莉亞猛然睜開了雙眼。

「就用妳的雙眼，好好地看清楚事實吧！」

聲音突破層層深流，將快要溺斃的她撈了起來。

帕思莉亞訝異地望向銀髮少女，後者的一隻手仍放在她的肩膀上，視線卻冷靜筆直向前。

坐得離她最近的勇者注意到了她的不對勁，及時拯救了帕思莉亞。

「現在的狀況不可能有完美的解決方法，這妳不是早就知道了嗎？」

「我……」

帕思莉亞啞然無語。

銀髮少女這時才轉過頭來，眼神像是在說「妳終於明白了吧」。

那是當然。

「帕思莉亞，怎麼了嗎？」

「謝謝您的關心，惠恩大人。我沒事。」

似乎是因為在黑暗中使得惠恩並沒有察覺吧，帕思莉亞露出了苦笑。

這樣也好，她並不希望在傾慕的主人面前示弱。

……就讓我在這裡保留一點點尊嚴吧！少女，怎麼能隨便地把漏氣的一面展示給在意的人看呢？

收拾心情，帕思莉亞呼吸了一口新鮮空氣，再次釐清思緒。

「那個，大家請聽我說……」

必須再次引導討論開始。

感受到眾人集中而來的視線，帕思莉亞調整到了端正的坐姿。

「不管眼前是第五天魔族、人類，還是其他種族的軍隊，我們勢必都得破釜沉舟，闖上一闖。」

在魔石燈微弱的照明中，眾人屏息相望，看似凝重的氣氛，兔耳少女卻從所有人的目光中清晰地感受到了——

沒問題的！

抱持以絕對信賴的無聲訊息，像是在這麼告訴她。

帕思莉亞一邊露出了歉疚的笑容，一邊珍惜那樣的溫暖。

「我必須承認，想要完美又安全地越過這條防線幾乎是不可能的。」

坦承，認清事實。

正視自身的脆弱……然而，絕不放棄。

我們得要賭一把。兔耳少女語重心長地向伙伴們強調這次行動的危險性，沒有人顯露出畏懼或是動搖，她再度為了這件事而感到了感謝。

「雖然說距離總共是六百肘，但實際上可以劃分成兩塊。」

將腦海中的情報重新整理過後，兔耳少女在地上畫出了一條線，會議加速地展開。

「人類的營區寬度大約三百肘，這部分是最大的阻礙，穿過了以後……後半部幾乎沒有光點，推測應該是無人的區域，也就是三不管的戰場地帶吧！可以說實際上我們也並非整條路都面臨阻礙。」

「要是能夠打通前面，就算是贏了一半囉？」

聽見白聆的舉一反三，帕思莉亞的嘴角微微上揚。

「完全正確。那麼，接下來我就開始說明了。」

最重要的部分來了！眾人忍不住傾身向前聆聽。

「不入虎穴，焉得虎子，我打算……」

帕思莉亞將計畫告訴了眾人。

三十分鐘後。

人類營區的某個出入口，看守的士兵拄著長槍維持傾斜的站姿，腦袋歪到了一旁，正在站著睡覺。

即使這名士兵渙散的態度應當受到指責，但是也不是不能理解，他負責的崗哨位於整個營區正後方，不管想像力再怎麼豐富的人，都很難認為敵人會從此處展開進攻。

也因此當那兩個人從樹林朝著這裡走過來時，士兵到了很靠近的距離才突然警覺並清醒。

「站住！」

士兵急急忙忙地大喊。歪斜的鋼盔遮住了自己的視線，舉起的槍尖指的是完全不一樣的方向。

「我出外巡邏的時候逮到了這名獸人，正打算帶回去訊問。」

「呃……啊？」

士兵抬起頭盔，驚訝地打量眼前的女子。

全副武裝的銀髮少女，手裡牽著一捆麻繩，連接到一名長相、打扮都十分不起眼的獸人少年身上，一副理直氣壯的樣子瞪著他。

「喂！在等什麼，還不快放我們過去？」

士兵卻沒有上當。

「等等，妳是誰啊？閒雜人等休想從這裡通過。」

他完全不認得這名少女，在最後關頭終於想起了身為衛兵職責的他，露出了凶狠的表情。

見狀，銀髮少女皺起了眉頭。

「你居然敢對我用這種態度？喂！給你看看這個就會認得了吧？」

「這個是……」

望了雪琳示出的佩劍徽章一眼，士兵嚇得臉色發白，立刻讓路。

「原來是勇者大人！請恕小的有眼不識泰山。」

「哼！算你識相，惹到我的話肯定讓你吃不完兜著走。」

銀髮少女傲慢地甩過頭，牽著惠恩從容不迫地往營地深處走去。

「好可怕啊……」

「怎麼，你是在說我還是那個士兵啊？」

「當、當然不會是在說妳啦！不過，妳有必要對人家那麼凶嗎，看了都覺得他好可憐……」

惠恩偷偷回望了背後一眼。那名士兵仍是一副遇到瘟神、心有餘悸的模樣。

雪琳翻了翻白眼。

「不少勇者對待普通戰士就是這個態度，裝得粗暴一點反而自然。倒是我說你，沒有忘記這次任務真正的目的吧……」

「我還記得。」

惠恩不安地摸了摸胸口裡的那個東西，不能掉，千萬不能掉。

「帕思莉亞說，最大的有效距離是三百肘對吧？」

「嗯，差不多就是整個營區的寬度。我們保持低調，順利的話，就這樣走到另一頭，設置好傳送魔法陣的信標，就大功告成了。」

「……那如果不順利呢？」惠恩不安地問。

「那就見機行事囉！」雪琳聳了聳肩。

「啊哈……呃哈哈哈……」

夕陽在西方天際所留下最後一抹餘暉。

屬於夜晚的風開始吹來。

試著將涼意從北方帶來，卻仍舊無法平息平原上高漲的戰意餘溫。

「喝啊！」

來自北國的劍士，凱黑爾，讓劍身劃出了流暢的軌跡，輕而易舉地擋住了劈下的闊刃斧。

噹！響起清脆音色的同時，眼前的蜥蜴人露出詫異的神情，難以置信為何區區人類可以擋住魔族的進攻。

他所不知道的是，凱黑爾並非普通的人類士兵，而是蒙受光之神的恩賜，數量極為稀少的「勇者」。

具有甚至連魔王都可以匹敵的力量，以一個生靈來說，凱黑爾其實非常強大，但在凱爾黑心中的自我評價，卻只不過是在這個時代苟延殘喘的老兵而已。

感受到了對方想要強硬地運用腕力進攻的意圖，凱黑爾不動聲色，心裡卻暗暗地笑了，手腕巧妙地轉了個弧度。

看見的人都會說：「那是有生命的劍。」

北方人使劍的方式十分特別，明明是筆直的劍，卻會用不可思議的方式纏上對方的手臂，等到鱗之民嚇一跳的時候已經完全來不及了。

「嗚哇！」

不過就在最後一刻，凱黑爾收手了。

劍法只是幌子，他的腳踢飛了對手的武器，同時也響起了一陣高昂的號角聲。

凱爾黑飛快地向後退，他的對手也忙著撿起地上的斧頭。

「呿，今天就放你一馬！」

鱗之民撂下狠話，頭也不回地跑走了。

第五天魔族的嗆聲讓凱爾黑哭笑不得，是誰要放過誰呢？

傳遍戰場各地的號角聲是撤退的信號，四個種族的三種號角，以及第四天魔族特立獨行的戰鼓聲連綿了好一陣子。

隨著它們交互混雜演奏出的不協調音樂，糾纏在一起的戰線漸漸地分了開來。

相親相愛，卻又相怨相殺的鋼鐵，以及不知道是想要殺了對方，還是想要親吻對方的互瞪，種種凱黑爾無法理解、也無法解釋的複雜關係在夜色的看顧下抽絲剝繭，最後變得什麼都不是。

就像是愛的盡頭，就像是恨的盡頭。

並沒有分出勝負，然而在此稍微退讓鳴金收兵，卻早成為各族共有的默契。

默契……嗎？

跟那些被我們視為怪物、有著深仇大恨的傢伙，也能發展出這樣的東西來嗎？

凱黑爾不自覺地抽動了嘴角。

「算了，今天就到此為止吧。」

揉著發疼肩膀走下山丘的凱黑爾，返回己方的陣地。

人類在第六天魔城城外平原的東半部建造了屬於自己的營區。

除了狂妄到敢直接停在戰場正中央的風不轉城，還有想跑也沒辦法，屁股牢牢黏在這片土地上的第六天魔城，人類和稍微晚到的第四天魔族各自把陣地設置在平原的兩端，一左一右，形成井水不犯河水之態。

營地充滿了放鬆的氣息。

和幾個小時之前的戰場比起來，呈現在凱黑爾眼前的景象鬆散到讓人以為是兩個平行世界。

就著隨處生起的營火，戰士們不是圍坐起來高聲談笑，就是端著熱水打算沖煮食物，一點警戒心也沒有。

之所以如此，有兩個理由。

身處隨時可能見不到明天落日的情況，極度緊繃的心情到達了一個臨界值反而會變得無比鬆弛，感覺什麼都無所謂。在確信風不轉城不會發動夜襲（鱗之民也需要睡覺）以後，高階軍官們也默許他們這樣做了。

其次，就算要管理士兵很簡單，管理勇者卻是天大的難題。

因著光之神的祝福，身懷與同胞們天壤之別的戰鬥力，一般人的規則很難對他們展現約束力。勇者們形成自己的集團，破壞秩序、挑戰規則的行為層出不窮，身為普通人的軍官拿他們沒辦法，反而還讓士兵們有樣學樣了起來。

總而言之，人類軍隊的紀律早就蕩然無存了，反正這一千年還不是一路跟魔族戰鬥了過來，所以，也不必太計較吧！

該認真時就認真，該放鬆時也應該好好地放鬆才對，不管再怎麼脫序，起碼只要提林還坐鎮在此，營區就還能維持一定的水準……說起來，提林在哪裡？

不久，凱黑爾在角落的帳篷找到了他的好友，同時也是此次人類聯軍的總指揮官，「第八星」提林。

「在忙啊，提林？」

「喔，是凱黑爾大人。是啊，正在頭痛中呢！」

望著伏首桌前，痛苦不堪地搔著腦袋的提林，凱黑爾從另一張桌子上取來銀瓶喝了一口水。

嗚哇！難怪這傢伙會變成這樣。

明明兩人的年紀相仿，但凱黑爾只是中之國雇來的傭兵，完全不必負擔任何行政職，對於能夠完好保住自己的頭髮感到了無比慶幸。

「你在幹什麼？」

凱黑爾好奇地看了看光頭男子面前的文件。

提林不是在看戰報，而是飛快地書寫著，文件上頭不一會兒就擠滿了密密麻麻到快讓人產生密集恐懼症的蠅頭小字。看起來提林很專注地在寫這些東西。

「我在寫論文。」

提林不好意思地抓了抓耳後方。

「論……什麼？」

「我運用這場戰爭蒐集到的數據，放在我的研究生論文裡，回國後繳回我目前所屬的學院，要是通過了就可以順利拿到博士學位。」

提林比手畫腳地解釋。

也不知道凱黑爾聽懂了沒有，總之他茫然地點了點頭。

「喂！你幹什麼，不要隨便亂摸我的腦袋！」

「唔……溫度摸起來很正常啊，你沒有發病的話我就安心了。」

「你安心什麼啊！」

提林咆哮著把凱黑爾的手甩了下來。

「提林……你居然在讀書？這不是我認識的你啊！」

「講這種話太失禮了吧，凱黑爾，就算是你我也不能夠原諒喔。」

「不，哎，這個……我只是太意外了，一時之間無法反應。這也變化太大了！」

提林嘆了口氣。

「你說變化，但這不是很正常的嗎？」

「咦？」

「既不像那些魔族擁有強健的體魄，也沒有那種異樣的長壽，人類這支弱小的種族唯一能倚仗的，也就只有這種能夠無時無刻不在變化的柔軟性了。」

輕輕掃開桌上卷軸，提林一副學究般的口吻。

「所謂的變化，就是調整自己的性質達到與環境的協調。就拿我來說吧，雖然都到了這把年紀，為了與時俱進，避免遭受淘汰的命運，還是得咬緊牙關強迫自己做出改變。」

「畢竟已經不能像以前那樣老是依賴勇者的力量了吧！」

凱黑爾心有戚戚焉地說。

「越是短促的生命，越是缺乏成為支配者的能力，那樣的存在者就越容易發生改變，小象和大象的外形差不了多少，相對弱小的野兔在幼年時期的毛色卻和牠們的父母有著大大的不同。而某些朝生暮死的昆蟲能夠在一日之內孵化、結蛹、交配，然後死亡，這樣的變化比起人類又更大得多了。但無論如何，變化絕對不是弱小，而是讓生命能夠逃脫束縛住自己的困境的力量。」

「照這麼說來，世界上沒有東西不在變化囉？」

「對於壽命越長的存在，不只是他們的外在，就連內心也很難發生變遷吧！只是在像我們人類這樣短命種族的身上變化特別明顯而已。」

凱黑爾點了點頭，覺得非常有道理。

他想起自己剛獲得勇者之力時，打算拿這份力量狠狠教訓魔族，懷著救國救世之志，建立一番豐功偉業，揚名青史，然而到了現在，卻是連奪走一名魔族的性命也要再三猶豫。

他也改變了。

「所以，根本沒有人是不會變的。」

「若說有什麼東西永恆不變，我想恐怕就像是山啊、海啊那樣的存在。如果真有能存在到時間盡頭的生命體，搞不好就不會變化，但反過來想，要是連那種東西都在變化……」

「哪有東西能活那麼久。」

凱黑爾搖了搖手，然後，嘻嘻笑了起來。

「不過，真不愧是讀書人呢，講的話真有道理。」

「沒什麼啦，我之所以這麼努力，其實是有其他理由。」

看到一個光頭低下頭微微臉紅的樣子，凱黑爾內心的第一個感觸竟然覺得很恐怖，但是他還是隨即明白了提林在說什麼。

「啊，對，因為你有家人嘛！」

「欸嘿嘿……」

再一次，凱黑爾感受到可能令心臟麻痺的強烈負擔。

「而且，因為你整天拿畫片向別人炫耀，現在全世界都知道了。真是沒道理，像你這種人竟然能娶到那麼漂亮的老婆。」

「『像你這種人』是多餘的吧?」

「而且兩個女兒都長得像媽媽,也是美人胚子。」

「這句話很不中聽,但看在女兒的分上我還是原諒你。」

提林瞪了凱黑爾一眼,卻掩不住眼中喜孜孜的得意。

凱黑爾頓時起了雞皮疙瘩。

「軍部已經答應,只要通過學位檢定,他們就會提高我的俸祿。」

即使是在勇者之中,提林也算是個異類,縱然得到了超凡的力量,他也依然選擇接受國家管轄。

「女兒們長大了,開銷越來越高,偏偏這種時候又遇上全世界的勇者力量莫名衰退,萬一被中年裁員,我的麻煩就大了。」

看起來真是個不得已的選擇。凱黑爾發出了感嘆。

「我沒有養過女兒,無法體會你的感觸。」

「你不是收過一個徒弟嗎?」

咦,這麼說來,好像也是……

面對光頭男子炯炯有神的目光,他開始認真考慮到底該不該繼續陪提林分享女兒經。

不過就在這個時候，有人出現拯救了凱黑爾。

「提林將軍，不好了！」

帳篷帷幕掀開，一名士兵慌慌張張地闖了進來。

「什麼事？」

提林推開文具，轉過身來正視著上氣不接下氣的男子。

士兵好像是卯足了全力一路跑到這裡來，連軍禮都沒辦法做標準，幸好提林也不是會在意這種小細節的人。

「有人……有人在軍營裡面鬧事……」

「又有喝醉的勇者在營區鬥毆？在附近隨便找個勇者處理，然後就讓他們自己打到昏過去吧，別老是拿這種小事煩我。」

提林吹鬍子瞪眼睛，不太開心地說道。

凱黑爾嘆了口氣。勇者藉故滋事，這種事情成天發生，仗著在戰時難以取代的特性，讓他們養成了趾高氣昂的態度，都快不知道該說是軍隊的至寶還是麻煩了。

士兵此時總算緩過氣來，能更加仔細地解釋詳情。

「已經有勇者大人出面處理了，可是十幾個人都被打倒，現在好像沒人有辦法解決。」

「場面已經嚴重到變成打群架了嗎？」

「不，對方只有一個人。」

「——你說什麼？」

凱黑爾和提林匆匆跑出帳篷，跟隨士兵的引導奔向事發地點。

士兵呈報內容中，「十幾個勇者都被對方一個人打倒」這件事，最為令人在意。

這次招募來的勇者，不記得有出現這麼厲害的角色啊！

難道是突變？還是暴走？

眾所皆知，勇者的力量在大戰進入尾聲後大幅度地消退，如果這個時候有人恢復了全盛時期的身手……

或許會大大地影響整個戰局的走向也說不一定！

不管怎樣，還是先了解現場的狀況再說。

凱黑爾瞥了身旁的好友一眼，看他的表情大概也是有著相同的想法。

不一會兒，眼前遠遠地就出現了聚集嘈雜的人群。

「喂！妳這傢伙是打哪裡來的啊？」

戰士們鬧哄哄地圍成了一圈，包圍兩名少年少女。

「嘖，不妙。」

「雪琳，怎麼了，這次不能再把他們凶走嗎？」

「不，這次不行……因為，我們遇到了正牌貨啦！」

事件的起因，是雪琳和惠恩裝得一副若無其事，在營區內行走時。

腰間繫著代表「勇者」的紋飾長劍，再搭配一張「我現在很煩，少來惹我」的臭臉，只要不做出太誇張的舉動，就可以在不引人注目的情況下，讓識相的普通士兵躲得遠遠的。

如果只是牽著一名看似俘虜的第六天魔族人，倒還不成問題，但是他們運氣不好，碰上了迎面走來的醉酒集團。

「那個傢伙是獸人吧？妳抓到的？」

「才不是，你敢動他就試試看。」

「喂喂！我說妳啊，臉蛋長得這麼漂亮，態度別這麼差嘛！」

就在雙方擦身而過之時，有名醉漢試圖對惠恩動手，遭到雪琳制止。

就算雪琳裝出了凶惡的態度想把他們攆走，這次對方卻完全沒有被嚇到的樣子，反而醉醺醺地笑了出來。

「話說回來，這把不是配給勇者的劍嗎？」

「但妳又是誰啊，之前好像從來沒看過妳！」

越湊越近，粗魯男人們輕浮的目光暗暗隱藏銳利，上下打量著兩人。

面對絕對稱不上友善的態度質疑，雪琳仍然試圖擺出強硬的姿態。

「別說傻話了，勇者的人數這麼多，哪有辦法全都認得出來？」

然而，她不知道的是，正是這一句話使得自己露餡。

「哈哈哈哈！妳說認不完？哎呀！認不完是吧……」

搖了搖頭，看似無奈地聳肩又攤手，惺忪的醉眼閃露一絲狡詐的光芒。

「把她給我圍起來！」

其中一人如此大吼，剩下眾人就將惠恩和雪琳團團圍住。

「什……」

對方的反應使得她大吃一驚。

雪琳當然無從得知，這世上的勇者數量已經非常稀少了。即使是中之國千辛萬苦從世界各地招募而來的勇者，其總數也不到一百。

在這種情況下，會說出「勇者人數多到認不完」的傢伙，一定是對實情毫無認知的潛入者。

「要說謊也該做點功課，妳這個冒牌貨……不，我看該叫間諜才對。帶著一名魔族大搖大擺地走在營地裡，未免也太看不起人了！」

眨眼間，事態的發展變得對他們相當不利。

「把她抓起來好好拷問！看是誰派過來的！」

「連那個魔族也不要放過！」

四面環敵，雪琳和惠恩兩人汗水淋漓，背靠著背。

「不准過來！」

雪琳的警告完全不被當一回事，人群中有個男子率先撲了上來——大概是小看了「間諜」的本領，他連勇者的力量都沒有使出來。

「呃啊！」

銀髮少女一個閃身，俐落地過肩摔。

「臭丫頭，還敢反抗？」

「可惡……」

出乎意料的身手惹惱了眾人，警戒的態勢也相對提高了。

雪琳咬牙切齒，現在所能做的，就只剩把惠恩護在身後，設法面對一整群的勇者圍攻了。

啊啊，搞砸了啊！

在下一名對手衝上來之前，少女煩悶地在內心深處咋舌。

凱黑爾已經看到了這幕場景。

一個人被打倒，就有另外一個人湊了上來，所以這對少年少女才怎樣也無法移動半步。

但是，這怎麼看也太不自然了。

「那些躺在地上的傢伙，都是勇者吧？我沒聽說過第六天魔境的土地有這麼適合睡覺啊！」

「凱黑爾大人，有時間說風涼話要不要試著跑快一點？」

重點是勇者那件事情。對，沒有使用勇者之力的勇者充其量只能說是普通人，但也不能說完全地就認為是普通人，畢竟也是長年在戰場中打滾，適切的說法應該是「身手矯健、戰技不俗的普通人」。

……這些傢伙現在是突然轉了性，連一個小女孩都撂不倒了嗎？

凱黑爾對這荒謬的場景感到了訝異。再次仔細地觀察起了混亂的中心點，忽然對那名銀色頭髮的少女生出了一股熟悉感。

他的腦海中浮現了一名熟悉之人的面孔，但隨即又搖了搖頭。

不可能吧，哪有那麼巧？

就在騷亂的場面即將升溫到最高潮時，提林終於趕到了。

「統統住……噢，噗嗚！」

為了阻止鬥毆，提林和凱黑爾都拚命地加快腳步，但就在這個時候，發生了慘痛的意外。

因為太著急的關係，提林居然跌倒了。在那一瞬間，透過兩人交換的視線，凱黑爾知道自己必須完成好友的遺願（？），因此扯開喉嚨大喊：

「住手，不准打架！」

出乎意料的是，還居然有人聽話了。那名少女都已經把手按到劍柄上了，卻在這一剎那像是觸電般地停了下來。

那頭銀髮……不會吧？

凱黑爾心中突然生出「會很麻煩」的預感。

下一秒，少女轉過了頭來。

凱黑爾和對方目光相會，雙方都露出了驚訝的神色。

只見那名少女就咧開了嘴角，一副非常高興的模樣，朝著凱黑爾出聲大喊：

「師父！」

Unemployed Heroine and Devil's Guard

ch.8 馬車總是會在魔王需要的時候隨叫隨來

「所以，妳真的是那個『白刃姬』雪琳？」

「對！但是拜託了，請不要再用那個外號叫我。」

幾分鐘之後，原本圍著雪琳的人群在凱黑爾的勸說之下，已經將惠恩和雪琳放開了。

只是他們一點也沒有散去的跡象，取而代之的，投射過來的目光由原本的懷疑和憤怒，轉變為敬佩與好奇。

「真是不好意思，劣徒對各位失禮了。」

「好說好說，原來是神槍王大人的高徒。」

無論是「神槍王」凱黑爾還是「白刃姬」雪琳，雖然來自於北之國，在中之國的勇者圈也還是有一定的名聲。男人們一開始的忿忿不平，一下子就轉變為「居然能和傳說中的白刃姬交手」的興奮。

凱黑爾和顏悅色地又講了一些話，才慢慢地走了回來。

咚！

「好痛！」

回來後直接一拳灌在雪琳頭上的凱黑爾無視少女哀怨的目光，碎碎念著說道：

「還好妳的師父我夠罩，才能幫妳把這件事擺平啊！」

「好啦！謝謝你，這樣總可以了吧？」

「道謝也該更有誠意一點吧！」

師徒兩人不停鬥嘴，但看起來好像不會真的吵起來的樣子。

不過，在場有一個人比凱黑爾對雪琳更加有興趣。

「我們找了妳好久啊，雪琳小姐，幸會幸會。最後掌握到的訊息，是妳隻身踏入了第六天魔境。妳是聽到了人類聯軍攻打第六天魔城的消息才趕來的嗎？」

「呃，不是，我是為了別的原因。對了，大叔你是誰啊？」

提林過度熱情的態度讓雪琳有些不自在，幸好凱黑爾立刻替他緩頰：「別介意，這傢伙雖然看起來像是個光頭變態，其實是個好人。」

「啊啊，真不好意思，忘了自我介紹，我是提林。對了，我們正巧有事想邀請雪琳小姐一同商議，請移駕到附近的帳篷吧！」

「不了，我……」

「這個俘虜就暫時交給我的手下們安置，喂，來人——」

「啊，不行！」

雪琳著急地制止。

「這個俘虜怎麼了嗎？」

糟了！意識到自己說錯話，雪琳慌忙摀住了嘴。她不想讓提林……最重要的是不想讓凱黑爾產生疑心，可是，她沒有辦法說出真正的理由。

就在銀髮少女進退不得時，少年主動湊到提林耳邊，悄聲說了幾句話。

光頭男子頓時臉色大變。

「喂！你們，休息時間結束了，快點全都給我回崗位去。」

提林凶悍地驅逐了周圍的閒雜人等。

一方面既是實力高強的資深勇者，另一方面又是軍隊的指揮官，所以即便其他人對他強硬的態度有所不滿，最終還是乖乖聽話地離開了。

清空了場面之後，提林把眾人帶到了附近的帳篷。

「請跟我來。」

「惠恩！你這個笨蛋，到底在想什麼？」

在提林與凱黑爾的背後，兩人絲毫沒有注意到的地方，雪琳用力地擰著惠恩的手臂。

「嗚哇，痛痛痛痛痛……」

兩人以氣音竊竊私語交談，惠恩即使吃痛也只能以嘴形淒厲地大喊。

「為什麼要把你的真實身分告訴那個光頭？」

「不然也沒有別的辦法啦！萬一我們兩個真的被分開帶走，情況只會變得更糟吧？」

「嗚……但是這樣……」

「而且，那個人是人類軍隊的最高指揮官對吧？」

「看他那副模樣，八成錯不了。」

「既然有這個機會，我想要和他談談。」

雪琳眨了眨眼，露出驚訝的表情。

「欸？」

「放心吧……我沒有忘記帕思莉亞的交代，我……會見機行事。」

光頭男子領著他們所進入的，看起來是個用來當作會議空間的處所。

帳篷的規模不大，惠恩一眼就可以環顧整個環境。

眾人頭頂上方，是一盞用來提供光線的古式油燈，其餘的設置非常簡單，幾個用來當作椅子的木箱、便利的小圓桌、角落還有一張行軍床，除此之外就沒有其他重要的東西了。

在場的只有惠恩、雪琳、提林，以及凱黑爾四個人。站在最靠近出口處的凱黑爾應該是這名叫做提林的人類指揮官的心腹，一直在幫忙注意周遭的動靜，不過最讓惠恩感到在意的是雪琳對他的稱呼。

師父？這麼說來，這位凱黑爾就是雪琳的老師囉？

而看雪琳也是一副開心地和他很親近的樣子。

這名男子可能知道很多惠恩所不知道的、關於雪琳的事。

也可能看過更多……不，現在雪琳對他表現出來的，不就是一次也不曾對惠恩表現過的表情嗎？

「嗯，咳！」

就在惠恩胡思亂想時，提林輕輕咳了幾聲，喚回了魔王的注意力。

「那麼，就讓我再次自我介紹吧，我叫做提林，姑且算是本次人類中之國聯軍的指揮官。」

「我是惠恩，身分是……第六天魔王。」

兩人面對面地再次做起了自我介紹。

藍髮少年開口說話的同時，提林的目光也在他身上上下游移，想盡可能地多挖出一點資訊。

那道刺人的視線，惠恩完全感受到了。

保持著站姿，他盡力調勻胸中的氣息。

對方明顯地對自己懷有戒心。

那恐怕是因為對於第六天魔王威名的顧忌吧！然而與此同時，仍舊可以從提林的表情上感受得出困惑，這無疑就是惠恩本身的問題了。

說到底，他就是一個空有魔王之名，卻手無縛雞之力的平凡少年，絲毫沒有世人想像中魔王該有的力量。

最強的魔王名號與最弱的魔王資質所產生的結合，也因此令人類男子產生了混亂。

對不起啊，提林大人。惠恩苦笑。

「真是讓我意外啊，我還以為第六天魔王會是更有魄力的模樣呢。」

「您不相信我的身分？」

「不，我相信。」

出乎意料地，提林爽快地回應了。

「有雪琳小姐擔保，您的身分應該具有一定的可信度。」

到頭來，還是因為銀髮勇者的關係嗎？

不過無所謂，惠恩聳了聳肩，很快調適了自己的心態。

只要能夠和對方說得上話，就不用再計較原由了。

看著藍髮少年臉上奇妙的表情變化，提林沉吟了一聲。

「那麼，惠恩大人深夜親自造訪敵人的大本營，究竟有何要事呢？」

「啊呀！好久不見啦，師父。」

就在惠恩與提林一對一展開對話的同時，雪琳則是站到了凱黑爾身邊。銀髮少女一副歡喜的模樣，在熟人的身旁感到特別地放鬆，至於凱黑爾則是露出了複雜的表情。

「你現在還有在賭博嗎？」

「問這做啥？」

凱黑爾責難似地瞪了她一眼。

雪琳毫不畏懼地說：

「我離開之前，阿茲賭坊的老闆娘說遇到你的話就幫忙傳話，欠人家的十枚銀幣也該還了吧？說真的，你實在應該趕快戒賭，把省下來的錢拿去討老婆，明明年紀都老大不小了。」

「我、我就是喜歡一個人，有什麼不行嗎？妳這個弟子真是越來越大膽，居然開始非議起我的事情來了！」

「你根本沒有這方面的天分，任誰都看得出來吧？就是因為你賭牌的時候常常放槍，人家才會把你的勇者名號改成……」

「我好像聽到了什麼不得了的事情？」

「不干你的事，提林！」

「難怪啊，我就覺得奇怪，凱黑爾，你的稱號叫做『神槍王』，但我看你明明就是使劍的呀！」

在一旁豎起耳朵的提林捧著肚子大笑，凱黑爾則是揮起了拳頭，又羞又氣地顯露出狼狽之態。

「不准再提稱號的事情了，否則我也要用妳那個羞恥的外號叫妳！」

「你敢？」

有一陣子，師徒兩人發出了水火不容的氣勢站在那裡互瞪。

過了一會兒，凱黑爾率先嘆了口氣。

「妳這個野丫頭，這陣子以來都做什麼去了？」

雪琳想了想，決定把事情完完整整地說了一遍。

凱黑爾聽完之後露出歪曲的表情。

「妳……妳……妳是在跟我開玩笑吧？妳現在的工作，就是當魔王的保鑣？」

「是啊！」

「太胡來了！這像話嗎？妳是不是忘記了自己的身分是個勇者啊！」

「我沒有忘記啊，但那也沒什麼關係吧。」

「怎麼可以因為被軍隊炒魷魚就拋棄自己的尊嚴，跑去侍奉可惡的魔族！」

雪琳用力地踩了凱黑爾一腳。

「惠恩不是壞人。」

凱黑爾滿眼淚光，露出難以置信的表情。

「第六天魔族裡也有很多好人，請不要用那種充滿偏見的眼光看待我的朋友。」

「朋友？」

「嗯，我們一起經歷了許多冒險，最後變成了可以互相信賴的好伙伴。」

雪琳望著前方，伸出雙臂十指交扣一邊做著伸展動作一邊說道。

凱黑爾喃喃地說了一聲「這樣啊」，接著將視線從徒弟身上移開，兩人一起望向前面。

但是，過不了多久……

「是說，我很好奇，那傢伙僱用妳的待遇是多少？」

「每個月這麼多，另外包吃包住。」

雪琳用雙手比了個數字，凱黑爾看到之後眼睛散發出光芒。

「嗚、嗚哇！這麼好？現在還有缺人嗎？」

「工作環境是不錯啦，職務內容也很簡單，只不過有時候比較辛苦一點就是了，比如說第三天魔王會來借住……」

「呃呃！」

「有的時候可能還要深入死境。」

「等、等等……」

「或者是遇上星見祭時可能要在大街上車輪戰一百個獸人，或是在元老院議場單挑奈恩……哎呀！師父，你有興趣的話要不要一起來？」

「當我沒說。」

提供昏黃光線的煤油燈，散發出了嗆鼻的煙味。

臉上的和善笑容只是偽裝，提林埋藏在搖曳火光間的刺目眼神，正如鷹一般牢牢鎖定了惠恩。

想要看穿對方的破綻，施予壓力。

惠恩照單全收。

「惠恩大人究竟有何來意？」

「我希望中之國的軍隊就此撤退。」

提林冷酷地揚起了嘴角。

「這場戰爭完全沒有意義，提林大人，我們兩族好不容易才從長久的混亂中得到喘息的機會，為什麼要急著撕毀得來不易的和平？」
「我沒聽錯吧？第六天魔王，如果你想拿我開玩笑……」
「您沒有聽錯，提林大人。再這樣下去，等待在我們前方的只會是一場巨大的悲劇，所以我才會隻身來到這裡，和您面對面討論這件事情。」
「面對……我？」
提林彷彿聽見了全天下最荒謬的話語，懷疑地瞪大了眼睛。
或許對他人來說，自己的想法十分荒謬可笑，惠恩卻依然想試著「理解」對方。
像這樣子面對著面，就已經成功踏出了和對方展開交流的第一步。
同樣血肉做成的身軀，獸人與人類身上肯定還有更多相似之處，只要互相理解，就能弭平更多的摩擦，但更重要的是……
他不想像奈恩一樣，成為只講求力量之人。
以單一意志丈量出的世界，稍微碰撞就足以掀起燃燒世界的火花，星星之火也可以燎原，但是惠恩反對這樣的遊戲規則。
如果我們每個人都可以稍微冷靜下來彼此傾聽……

想到這裡，他微微地頓了一頓，平視著對方的雙眼。

「您是指揮官，而我是魔王，照理說來我們具有對等談判的資格，我們雙方的言語都擁有弭平或是發起一場戰鬥的力量。然而，我一點也不想要發起戰鬥，我們不能用談判、交換的方式結束這場戰爭嗎？」

提林微微笑了。

「很遺憾，我是軍人，而軍人的思考方式很單純——發現獵物受傷了、跛腳了、露出弱點了，那我們就露出獠牙咬斷牠的脖子。不管怎樣，一定要吃到肉才行。」

「沒有辦法結束這場戰爭嗎？」

「只要你們願意打開城門，無條件遞上降書就可以。」

「這不可能。」惠恩斷然拒絕。

「我想也是。既然如此，就請你們用比我們更強大的力量，將我們趕回去吧！」

「……我不明白。」

「你太天真了，惠恩先生。你以為自己是魔王，就能和身為指揮官的我平起平坐嗎？錯了！所謂的談判，是具有對等力量的兩個人見面之後才會開始。強者遇到弱者，當然是直接舉起刀劍更為迅速方便。」

「你——」

「交談並不只有一種形式，戰爭也是交談，一種屬於力量的交談。就算你傾全國之力，也沒有辦法阻止我們的軍隊，這樣我們就說不上話來了。你應該要理解，想阻止他人，可不是光靠三言兩語就可以輕鬆做到的事。」

談判破裂了。惠恩臉上露出痛苦的神情。

也有人拒絕接受理解的可能……他沒有想到這樣子的可能性。

「你不需要太沮喪，至少你今天的拜訪，讓我們這場『力量談判』，得到了新的結束辦法。」

提林搖著頭說道：「獨自一個人踏進敵人的大本營，你沒有考慮過這麼做可能導致的下場嗎？」

惠恩嚇得一縮肩膀，急忙擺出了警戒的姿態。

「我不是獨自一人，我有雪琳！」

「就憑她一個，是保不了你的。」

提林露出陰狠的表情笑了。

「為了獲勝，我不打算遵守任何道義，你就留下來作客吧，我們的大牢會好好招待你的。成為你我國家開桌相談的籌碼，或許這一切不是很公平，但只要能夠結束戰爭……你會願意的，對吧？」

光頭男子舉起了手，這瞬間就是個信號。

但是最先展開動作的卻是雪琳。

唰——抽劍出鞘的兩道聲音彼此交疊。

差距僅在千分之一秒，雪琳的劍和凱黑爾的劍抵在了一起。

銀髮少女橫眉豎目，作為她老師的男子則是噗嗤一聲露出了輕蔑的微笑。

「意外嗎?傻女孩，我這邊也有職責在身，所以不要怪我，要怪就怪妳的雇主腦筋不正常，居然不想好任何退路就走進這裡！」

沒有任何人可以阻止提林接近惠恩了。

就在這個時候，惠恩說出了像是回答凱黑爾的話語。

「我並不是完全沒做準備。」

「咦?」

「說到距離，這裡也已經夠靠近了……唉！對不起了。」

惠恩從懷裡拿出捲軸，在光頭男子抓到他以前，用力地把捲軸撕開。

「什……嗚哇！」

直覺地以為捲軸會爆炸，提林抬起雙臂作為防禦，捲軸卻只是發出了強烈的白光。即使如此也沒有用，受過訓練的他就算遇上爆炸也不會皺一下眉頭，往前的步伐依然沒有停下。

可是下一秒，男子驚慌地大叫出來：

「哇啊！」

沒有任何理由可以責怪提林如此失態，畢竟這世上沒有人能在突然出現的兩雙馬蹄面前繼續保持冷靜。

提林就地一滾，才沒有被馬踩死。

魔族的高大駿馬雙蹄落地，揚起塵埃。

「惠恩大人，快上來！」柔弱少女的聲音在一片混亂之中響起。

銀髮少女踩住左腳，重心前靠。

「呃啊！」

這次輪到凱黑爾叫了出來，被推開了的長劍帶引手臂斜揮向上，中門大露，雪琳馬上毫不留情地予以肘擊。

「你話也太多了吧，在確定打贏敵人之前別說廢話也不要長喊，只要一聲短促的蓄力就夠了，這不是你教我的嗎？」

倒在地上的凱黑爾痛得沒辦法說出話來，雪琳的第二劍劃向了帳篷帷幕。俐落地斬開巨大的缺口，雪琳縱身一跳，剛好躍上起步的馬車。

「來得剛剛好。」

車夫席上的彌亞甩動馬鞭，由衷地稱讚。

「現、現在是怎樣啊？」

原以為傳送過來時看見的會是廣闊的平原景象，混亂的開場讓兔耳少女瞠目結舌。

「抱歉，搞砸了，沒辦法順利離開營區。」

「沒時間講這個了，剩下來的路就靠硬闖吧！大伙兒抓緊了！」

彌亞大喝一聲，施展出流利的馭車技術。

「那是什麼！」

「哪來的馬車？」

在營地暴走狂衝的馬車，掀起了巨大的騷亂。

放足狂奔，橫衝直撞的馬車面前，眾人爭相走避，連滾帶爬地逃開。

「然後……這是給各位的餞別禮。」

帕思莉亞和白聆一起從車後方探出頭，手裡握著某種早已準備好的物品，一口氣扔了好幾個出去。

那不是什麼特別的東西，只不過是沾了油的布捲。

扔光油布捲，白聆自後方抱住帕思莉亞，以此作為支撐，接下來，魔法師朝著前方伸直了手臂。

「五步詠唱……燄擊，火龍術！」

轟轟轟！

「呃啊，起火啦！」

「那些混帳燒了糧草車，快來人拿水啊！」

「這樣或許能再拖個一兩分鐘吧！」兔耳少女喃喃地說著，和魔王再度縮回了馬車。

「抓緊。」

就在這時，彌亞高聲叫著。

「嗚！」

唰啊——從空中激射而來的矛槍，被雪琳揮劍砍成兩段。

「那些傢伙的反應速度也太快了吧？」

「不要慢下來，彌亞，前面就是柵欄了。」

「姐姐知道，雪琳老闆，可是他們追過來了呀！」

彌亞焦急地大喊。

有許多和倉皇躲避的人群做出不同反應的影子，從四面八方，一個接一個地竄了出來。

「就知道這些傢伙是最難纏的了。」

雪琳嘖了一口，吐出煩悶洩氣的聲音。

只有擁有絕對的能力和自信的強者，才會在此時現身。

「別放過那輛馬車，全部人給我追！」

火光沖天，場面凌亂，勇者全數出動了。

凱黑爾拚命把提林從坍倒的帳篷底下拉了出來，模樣狼狽的光頭男子全身上下都是灰塵。

「呼……呼……該死，他們把營區弄得一塌糊塗。」

「先叫人滅火吧！」

「不，別管那麼多了，凱黑爾，快點跟我一起追過去。」提林用力地拉住了凱黑爾的衣袖。

「有必要做到這樣嗎，提林？你說那個小子是魔王，也不知道是真是假……」

「不，那一定是真貨。他是可以一發擊沉第六天魔族的超級王牌，這可是千載難逢的機會啊！」

「不會吧，我那個笨徒弟隨便說說你就相信了？」

「當然還有其他理由。你動作快點，我邊跑邊告訴你。」

提林一刻也不打算耽擱，馬上跑往塵煙飄起的方向，凱黑爾只好急急忙忙追在他的後面。

他說還有別的理由？

凱黑爾被勾起了好奇心。

「那是大概十多年前的事了……」

越過四處慘叫的人群，不斷映入眼簾的紅彤火光，提林的話語聲獨自穿越了周圍的嘈雜，飛進了凱黑爾耳裡。

「當年中之國為了刺探第六天魔族的祕密，派間諜混入了被獸人俘虜的難民中，一起被送回了敵人的大後方。」

凱黑爾感到了非常訝異，那是完全無法形容的危險。

「你可以想像那根本是有去無回的自殺式任務，但是為了獲取情報，最後還是不得不有人做此犧牲。負責這項行動的是一名年輕的女間諜，獸人把抓來的人類俘虜當成奴隸，派他們進行農耕或是修築城牆這類的粗重勞動，環境的條件也十分惡劣，缺乏糧食、飲水、醫藥……我們的探員在貧民窟裡忍受著極度的痛苦，只為了獲取寶貴的情資送回祖國。」

似乎再次喚醒了不願提及的回憶，提林的聲音變得像鉛塊一樣沉重。

「然後……那件事情就發生了。她和其他俘虜一起被帶到了魔王的居所。前代第六天魔王特別喜歡使用異族僕役，有些是別的魔族，但最多的還是人類。那傢伙是個喜歡羞辱、折磨其他種族以顯示自己優越的混蛋！」

凱黑爾從來沒有看過提林表現出這麼赤裸裸的憤怒。他靜靜地聽著。

「那位探員順利地成為了負責魔王貼身起居的僕役，雖然被迫服侍那個噁心的傢伙，但她還是盡責地完成了工作，可是後來她幹了一件非常蠢的事情。」

「是……」

「那傢伙，為了維護一名犯下小錯、差點被魔王處死的女僕，居然挺身反抗魔王！那個笨蛋，諜報工作最重要的就是不能引起任何人的側目啊！結果反而因此讓魔王注意到了她……」

凱黑爾聽到這裡，心裡也稍微有了譜。

提林憎恨地瞪著前方的空氣，就好像瞪著內心中可恨的魔王幻影。

「總而言之，我們的探員，遇到了以一名女性而言最糟糕的情況……」

「嗚嗯！」

「後來……不知道為什麼，她離開了魔城，回到貧民窟，寄回來的書信裡對此也沒有多做提及。有一段時間我們不再收到來自她捎回來的消息，後來魔王戰死，戰爭也差不多結束了。在簽署和平條約，第六天魔族升起天幕以前，我們曾經派遣祕密搜救隊接回貧民窟裡還活著的同胞，那是我們最後一次得到有關她的消息。」

「……到了最後，那名探員怎麼了？」

「她還活著，就住在貧民窟，但是拒絕跟著搜救隊一起回來。據回報，她身邊跟著一位幼小的孩童……」

凱黑爾的臉色蒼白，急急忙忙地追問：

「呃，該不會那個孩子是……」

「雖然不是十分明顯，還是能看得出一些跟魔王相同的生理特徵……不會錯的，那個名為惠恩的獸人，就是他們兩人的孩子。」

凱黑爾無語了。

「你知道的，凱黑爾，大戰末期，前代第六天魔王所有的繼承人早就在先前的戰爭中一一戰死，那個魔王的寶座，本來應該是空懸的才對。」

「沒錯，可是，他們後來還是推舉出了一個魔王。」

「那才不是推舉。你以為獸人族跟我們人類一樣，不管王冑貴族還是平凡百姓，大家的生理條件都差不多嗎？不，他們在血統上的差異比我們更加巨大，如果不是魔王的血脈，不可能坐上那個位置。我有不能對外說明的情報管道，證實了現任第六天魔王的外貌特徵和以往全無不同。」

「跟那個叫惠恩的小子一樣符合嗎？」

「我看到那小鬼的臉時就已經完全確定，他是真正的第六天魔王。雖然體內流著魔王髒血，可是他的外表，和他母親一模一樣啊！」

凱黑爾聽出了藏在提林聲音中的複雜情感，忍不住開口問道：「我能問你嗎，提林，那個探員和你是什麼關係？」

「我們是同期的戰友。」

「原來，是一起出生入死的伙伴啊……」

凱黑爾明白了。

但是提林如果真的抓住了惠恩，又會怎麼看待那個魔族少年呢？或許連指揮官自己也沒有答案。

Unemployed Heroine and Devil's Guard
ch.9 一與一百

箭矢破空射來，標槍閃電疾衝，然而不只到這邊為止，比上面所說的都還要更誇張的是……

「媽呀，是斧頭？」

「咕喔喔喔……這些傢伙是想要我們的命嗎？」

「就是要我們的命啊！」

四面八方，隨時都有可能飛來致命的遠程武器，把射擊與投擲類型的武器在創意和殺傷力上都用到了極限。

然而雪琳攀上車頂，接二連三，把襲來的兵器全都挑飛。

鏗——鏗鏗鏗！

看到她連大到跟自身幾乎一樣大小的斧頭都能擊落，在疾馳的馬車上毫無動搖的平衡感，看到的人開始懷疑是不是眼花了。但在此時，馬車前方也有敵人逼近而來。

「唔喔喔喔！」

那個是……

呈現在眼前的場景，無疑讓人覺得會是眼科醫生大活躍的時機？

「……人怎麼能跑得比馬還要快啊啊啊？」

不知道從哪裡傳來的大叫聲，讓高速奔馳中的勇者們都露出了苦笑，那是外行人才會產生的想法吧？如果是熟悉勇者的老兵就一定會知道，釋放完整勇者力量的人是絕對辦得到的。親切地原諒了懵懂的新兵，但卻沒辦法親切地原諒造就這一幅光景的那個人。

面向跳下馬車的銀髮少女，各自悍然執起武器的勇者們也以只進不讓的氣勢迎接白銀旋風的疾走，啪噠噠噠——單臂持劍前傾的身軀任由披風拍砍空氣，爆出了痛打鼓膜的聲音。

「妳這樣做不過是窮途末路的掙扎而已啦！」

雪琳隻身衝向的是五名勇者一字排開的攔阻線，「怎麼可能一個打贏五個啊？」防線中人發出了吶喊聲，確信她只會因為蔑視常理的高牆而嚐到苦果。

然而只見銀芒一閃。

「呃啊！」

「嗚喔喔喔！」

就在慘叫聲砸進眾人耳裡的瞬間。

升天塵霧在眼前猛然爆裂。

連同上一秒間還心懷篤定的「常識」之理，勇者們被四散彈飛，在少女面前宣告潰不成軍。

「呃啊啊啊啊，你們這群笨蛋！」

「提、提林大人？」

「還在那邊收手留力，養你們這些傢伙是要幹什麼的啊？」

如野豬般的光頭指揮官氣喘吁吁，衝著屬下們大吼大叫。

「給我把勇者之力全部解放出來啊！」

勇者們都以為自己是不是聽錯了，張口結舌地望向了男人。

他要我們解放什麼？

他們的眼神像是在確認那到底是不是在開玩笑般不斷游移著，勇者們完全知道自己一天之中能夠解放力量的時間極其有限，全部釋放也就代表了在第二天的戰鬥裡將會無法發揮出全部的力量。

「那可不是你們光靠人數優勢就能解決掉的對手，別讓我再說第二次了！」

不愧是身經百戰的勇者，再怎麼說，戰場之上最重要的就是當機立斷，在聽到了這句話後，原本的猶豫也在剎那間全都抹煞掉了。

奔馳的馬車上，惠恩等人一瞬間目睹了令人驚愕的變化。

那些勇者們所散發出來的氣息，在轉瞬間就變得完全不同了，咻——勇者的動作原本就很敏捷，但接下來，他們的速度簡直不能用「矯健」來形容。

用來描述生命體的字彙安放在他們身上簡直是種侮辱。

腳下踏著大地，身軀就揚起疾風，全力施為的勇者們在一瞬間就逼近了他們。

手中舞弄的鋼鐵噴發出猶如雷霆一般的聲響。

轉瞬間就完成了包圍網。

「這下子你們就是插翅也難飛啦！」

身在後方的提林露出了自信必勝的笑容。

眼觀四面，耳聽八方。

銀髮少女滴落汗水，正在思量。

敲響同樣節奏，同樣的速度，如狼群急狩而來的對手。

那樣的陣勢毫無縫隙可尋。

這樣下去不行。

估量對手的速度，雪琳內心有數。

「彌亞！」

「姐姐在聽啊，雪琳老闆。」

「千萬別停下來。」

雪琳放聲大喊，要夥伴絕對不能放慢馬車的速度，接著做出了宣言：

「這些傢伙，由我來阻擋。」

「知道了！」

彌亞應聲揚起長鞭，逼出駿馬的全力。

「別說笑話了，白刃姬，就算是妳，難道覺得靠自己一個人有辦法擋住這一百名勇者嗎？」

一名勇者爆發出大喊。

怒濤而至的第一波攻擊衝向雪琳。

「來吧！」雪琳左腳踏地畫弧，側身隱藏劍勢，眨眼之間，敵人的身影已撞入視野。

撈擊、直刺、迴旋斬。毫無間隙，默契十足的三面夾攻。

面對前、左、右三方包抄，雪琳只用出了一劍。

「怎麼可能！」

三挺兵器以一招全部接下，銀色長髮伴隨激突碰撞產生的勁風飛舞，對比於三人錯愕的神情，銀髮少女在他們眼中以劍身擋住的面孔只露出炯炯目光。

吸氣，沉身——突破！

「該死啊啊啊啊啊！」

三人同時以天地顛倒的狀態被打飛。然而下一刻，第二波攻擊接踵而至。

「這次看妳怎麼擋？」三個人不夠，那五個人呢？

銀髮少女抬頭，瞳孔驟然放大，陰影覆蓋身軀，來自天空中的雙刀錯落。

配合耳際聽見的風聲，判別一斧一鎚，從後方當即而來展開封鎖。

視線轉移，汗水飛灑，前方，還有一挺長槍高歌猛進。

「嗚！」白刃姬首次發出吃力的呻吟。

「中！」

自天而降的雙刀攻擊以為必中，然而……

砍中的只是殘影。

「什……」使槍者瞠目而視，銀光幻舞如花，雪琳前進半步，避開刺擊，雙方閃身而過的瞬刻，槍者止不住衝勢踉蹌向前，接著頹然倒地。

反觀雪琳直刺之勢，下半身降速倏然停止，回身——大橫掃。

「呃啊！」

「嗚啊！」

再將四名敵人一瞬砍倒在地。

「呼……呼……」

饒是銀髮少女再如何神勇，接連做出如此高精密度的連技，也不禁垮下雙肩，氣喘連連。

但是，她真的能有喘息的空間嗎？

緊接著，第三波攻勢襲來。

咬緊牙關，先看清楚敵人動向，然後防守。

不要慌亂。

汗水流過額頭，流到頸肩，再流入衣襟，乾了又濕，濕了又乾。
究竟要到何時？
不，現在不可以分神。
防守，防守，再防守。
大半月斬，以斜挑抵擋反推。
背後的劈斧，反手架開踢回。
袈裟斬、弧形劍，透過劍刃，甚至拳腳，每一招都想置自己於死地。
必須好好地防守下來……
防守的盡頭，才能展開反擊。

夜晚，人類，風。
「到底要怎麼做，才能打倒白刃姬？」
目睹這一切光景的旁觀者，無不為之動容。
枯草飛揚的平原營區，誰也無法靠近的區域。
正如字面所言，「誰」都沒有辦法跨越雷池一步。

就連勇者也是。

「呃啊啊啊啊啊啊！」

落敗哀號的巨響，遍徹月光照臨的土地。

第四波攻勢、第五波攻勢……

到現在，已經是第九波了。

「她是不是越戰越強了？」

颳起風暴的銀光，形成了一圈氣場，站立中央的銀髮少女，將四面八方襲來的敵人一一打退。

還能站在場上的勇者們，面對眼前上演的這幕，流出了汗水。

「這不可能，她真的可能敵過……一百名勇者？」

時間超過一小時，有些人的「勇者之力」已經將近瀕臨極限。

然而雪琳彷彿仍然擁有無盡的氣力。

「嗚……」

不，仔細一看，她也在喘息，也在顫抖，沒有遭受進攻時拄著劍尖偷偷找機會休息。

然而這只是從旁觀者的角度而言如此。

對於親身經歷戰鬥的勇者們來說……

「她的攻擊還是一樣重，速度還是快得跟鬼扯一樣啊啊啊啊！」

他們絕望而無奈地體驗到了身為「勇者」的素質差距。

第十波攻勢，上前挑戰的只有三個人。

不是因為光靠兩人的強度足以挑戰雪琳，而是因為到了此刻還有體力與勇氣向前揮劍的傢伙，也就差不多剩下這麼多了。

剩下的人只能依靠雙眼參與這場令人崩潰的行動。

「北風總是最先開始行動的……」

「你說什麼？」

突然喃喃自語起來的勇者，隨即遭受身旁多位同僚的注目。

「啊，不是，我只是聽過這樣的說法……」

沒有錯，最先行動起來的總是北風。

不是溫和又柔軟的東風，不是熾熱卻短促的南風，也不是優雅但無力的西風。

一定是北風。

雖然在四風之中話最少，個性上也最貧瘠，然而總是猛烈地颳起來，等到察覺之時，早已連人帶上所有裝備一同落進山谷，是最頑強又高傲的風。

「那就是……北風的劍法？」

倒在地上的人早已無法言語，還站著的人卻開始懷疑。

第十一波攻勢，最後的最後兩個人大叫著向外彈飛。

連綿一波波的攻擊終究到此為止。

再也沒有人上前。

北風獲得了最後的勝利。

「那個……是什麼啊？」

「嗯，折閤臺大人，您來巡視嗎？」

風不轉城的高處，俯視下方的偵查垛臺。夜闌人靜，可汗還有大多數的戰士早已陷入香甜的夢境，還醒著的就只有哨兵以及被失眠困擾著的折閤臺。

「為什麼……人類那邊的動向好像有點奇怪？」

赤鱗蜥蜴人敏銳的聽力察覺到了風聲中的不尋常變化，身旁的士兵以疑惑的神情望著他，折闍臺向值勤的戰士要來了望遠鏡。

「有什麼在那裡戰鬥著？」

「該不會是夜襲……」

「不，誰這麼無聊會去夜襲人類的軍營，大家嫌白天打仗還不夠累嗎？第四天魔族、第六天魔族都不像是那種會閒著沒事幹的傢伙啊！」

手裡頭拿著望遠鏡的折闍臺砸了砸嘴回應部下們的疑問，接著好像又有了什麼奇特的發現。

「他們好像在追什麼東西……」

一支輕裝部隊追趕著一輛馬車，揚起塵煙在寬闊的土地上奔馳。

沒有道理，折闍臺想不出誰有任何理由會想要在如此深夜之中冒險偷襲第六天魔城。

這跟現在四族指揮官共同寫好的劇本可不一樣。

雖然一點也不喜歡這樣的劇本，折闍臺卻必須承認，種種的因素讓所有人都不得不認分地按稿演出。

要是有真那種脫稿即興的笨蛋，大可讓他們安心地去……等等。

折閤臺的心中泛起了漣漪，脫稿的……破壞劇本的……無從預測的？

「難不成這就是我一直在找的施力點？」

折閤臺小心翼翼地聚焦對準了這場騷亂的始作俑者。

提林和……凱黑爾？人類軍隊裡最首屈一指的兩名高級勇者，在追著那輛馬車。

一定懷有什麼祕密，折閤臺心中的某股預感，告訴他這一定就是自己在等待的契機。

他放下了望遠鏡，回頭看著騷動不安的士兵。

「你們這裡有砲臺嗎？」

Unemployed Heroine and Devil's Guard
尾聲　滅

「就快到了，惠恩老闆。」

「我知道，可是雪琳……」

「雪琳老闆不會有事的，我們要相信她。」

第六天魔城外廣闊的平原，踏在連日遭逢戰厄、堅硬龜裂的泥土地上，馬蹄聲顯得格外地響亮，擊碎了夜空的寂靜。

背後窮追不捨的是由提林領軍的一隊精兵。為了追捕他們，提林率領凱黑爾和一小撮騎士，甚至拋下了在陣營大肆製造騷動的雪琳。

「可惡，那些人類，為什麼不去吃土？」

負責駕馭馬車的彌亞大感不耐。

馬車如今能夠與對方保持一定的距離，全都要歸功於魔族馴養的馬種十分優秀之故。然而，畢竟拉的是馬車，在重量上的負擔一定無法和輕裝騎士相提並論，被追上也是遲早的事。

「城門就在前方！」

「太好了，惠恩老闆，只要進城就安全了。」

彷彿是犒勞他們所付出的努力，視野中終於出現了第六天魔城的景象。

從來沒有想過，看見「家」的模樣，會讓人如此興奮。

惠恩和彌亞望著越來越接近的城門，臉上終於露出了鬆一口氣的笑容。

然而拉車駿馬的前方，出現了一道逐漸拉長的清晰影子。

「咦，那是什麼？」

背後亮如白晝，在夜裡不可能出現如此異常的情景。

白光越來越強烈，惠恩心中升起了不祥的預感，一回頭，巨大的白光「魔光砲彈」有如墜世太陽般，正自他們的背後啣尾而至。

至此而來的命運無從迴避。兩人倉皇的高喊，在轉眼間被轟然炸裂的巨響淹沒。

駿馬抬起前腳，哀吟嘶鳴，試圖控制馬車的馭者徒勞無功，木造車廂破碎起火，隨著爆炸的衝擊被噴飛到了天空。

一發讓泥土沖天的射擊威力懾人心弦。

多虧及時勒馬，後方的勇者騎士部隊才沒有捲入這波事故。

看見從天空中掉下來的著火流星，心中也不可說是毫無慶幸。

「是那輛馬車……」

凱黑爾接住一塊碎片，沉下了臉。

眾人啞然無語，呆呆地望著這誰都料想不到的結局。

載著第六天魔王的馬車……就在距離城門不到一百肘的地方，覆滅了。

——《失業勇者魔王保鏢04》完

高寶書版集團
gobooks.com.tw

輕世代 FW292
失業勇者魔王保鑣04

作　　者　甚　音
繪　　者　welchino
編　　輯　林紓平
校　　對　林思妤
美術編輯　林鈞儀
排　　版　彭立瑋
企　　劃　方慧娟

發 行 人　朱凱蕾
出　　版　英屬維京群島商高寶國際有限公司臺灣分公司
　　　　　Global Group Holdings, Ltd.
地　　址　臺北市內湖區洲子街88號3樓
網　　址　www.gobooks.com.tw
電　　話　(02) 27992788
電　　郵　readers@gobooks.com.tw（讀者服務部）
　　　　　pr@gobooks.com.tw（公關諮詢部）
傳　　真　出版部　(02) 27990909　行銷部 (02) 27993088
郵政劃撥　50404557
戶　　名　三日月書版股份有限公司
發　　行　三日月書版股份有限公司/Printed in Taiwan
初版日期　2018年12月

國家圖書館出版品預行編目(CIP)資料

失業勇者魔王保鑣 / 甚音著.-- 初版. -- 臺北市
: 高寶國際, 2018.12-
　冊；　公分. --

ISBN 978-986-361-597-2(第4冊：平裝)

857.7　　　　107003452

三日月書版

三日月書版

GOBOOKS
& SITAK
GROUP©